ぶらり平蔵

決定版⑥百鬼夜行

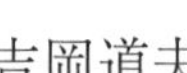

吉岡道夫

コスミック・時代文庫

本書は二〇〇九年十一月に刊行された「ぶらり平蔵　百鬼夜行」を改訂した「決定版」です。

目次

「ぶらり平蔵」主な登場人物

神谷平蔵　旗本千八百石、神谷家の次男。医者にして鐘捲流免許皆伝の剣客。神田新石町弥左衛門店で診療所を開いている。

神谷忠利　平蔵の兄。御使番から、出世の登竜門の目付に登用される。

矢部伝八郎　平蔵の剣友。兄の小弥太は、北町奉行所隠密廻り同心。

井手甚内　無外流の遣い手。平蔵らが小網町に開いた剣術道場の道場主。

佐治一竿斎　平蔵の剣の師。妻のお福とともに目黒の碑文谷に隠宅を構える。

佐久間久助　北町奉行所の雑物掛筆頭同心。佐治道場の平蔵の先輩。

縫　磐根藩主の世子・伊之介の乳人。伊之介を弥左衛門店で育てた。

味村武兵衛　徒目付。神谷忠利の部下。心形刀流の遣い手。

おもん　小網町の料理屋「真砂」の女中頭。公儀隠密の黒鍬者。

斧田晋吾　北町奉行所定町廻り同心。スッポンの異名を持つ探索の腕利き。

本所の常吉　斧田の手下の岡っ引き。下っ引きの留松を配下に使う。

茂庭十内　両国広小路の料理茶屋「味楽」の主。元七百石の旗本。

檜山奈津　麦沢圭之介の末の妹。伝八郎の許婚。

般若の百蔵　深川に店を構える口入れ屋・金貸し「越前屋」の主。

室井棋八郎　越前屋の番頭兼用心棒。田宮流の免許取り。

鵜沼玄士郎　能面打ち。田宮流剣客。元松代藩の大番組。千勢の元婚約者。

宇乃　松代藩勘定方組頭・井口三郎左衛門の娘・千勢。

青木仙次郎　南町奉行所定町廻り同心。般若の百蔵の仲間。

常盤町の長七　青木仙次郎の手下の岡っ引き。

茂平衛　呉服町骨董屋「京屋」の主。八品商の顔役。

第一章　辻褄あわせ

一

やわらかな春の陽射しが軒越しに部屋のなかに入りこんでいる。

その明るい陽射しに背を向け、鵜沼玄士郎（うぬまげんしろう）は八畳あまりの板の間で木槌（きづち）と鑿（のみ）を手に黙もくと能面を彫りつづけていた。

粗彫りをおえた面木地（おもてきじ）には殿上眉（てんじょうまゆ）といわれる卵型の眉や、切れ長の優美な双眸（そうぼう）、やわらかに隆起した鼻筋、かすかなほほえみをうかべた唇の形などが墨で端正に線引きされていた。

頰のまろやかにふくらんだ女面であった。

おなじ女面のなかでも、おどろおどろしい橋姫（はしひめ）や山姥（やまんば）の面（おもて）ではなく、初々しい処女美を見せる小面（こおもて）か、もしくは﨟（ろう）たけた美しさをあらわす若女（わかおんな）か、万媚（まんび）のようにも見える。

　両国橋にほど近い横網町にある、常観寺という法華宗の末寺の一角に建てられた貸家である。寺に貸家というのもおかしな話だが、内所の苦しい寺は境内の僧房を賃貸しするのだ。

　寺院内の家屋は表向き旅の僧侶のための宿坊ということになっていて、寺社奉行の管轄に入るから、町奉行の干渉を受けないという利点がある。

　町の仕舞屋より家賃は割高だが、懐のあたたかい浪人や、世俗のわずらわしさを嫌う隠居などに人気があった。

　南には回向院があり、北隣は松前伊豆守の下屋敷で、北側には藤堂和泉守の下屋敷がある。近くには公儀御竹蔵や小役人の組長屋もある。

　繁華な両国界隈にはめずらしく閑静な一帯だった。

　玄士郎が鑿をふるっている部屋は二坪ほどの前栽に面した板の間だった。

　部屋の板壁には、いくつもの能面が架けられていた。

　若女、小面、増女、孫次郎、万媚などにまじって、女の狂気や怨念をあらわす般若面や蛇面もあったが、男面は一面もなかった。

　鵜沼玄士郎のまわりには木屑が散乱している。

その木屑にまみれて、大小さまざまな鑿や木槌などが置いてある。

ほかにも、上塗りに使う白い胡粉、眉や目や歯の鉄漿に使う墨や硯に漆壺、毛描きの細筆、眼や鉄漿の歯に使う薄い金属片や、鏨などの道具類など、およそ能面師が使うすべての物がそろっていた。

能面打ちは木地の粗彫りからはじまり、胡粉塗りや薄墨眉の毛描き、鉄漿に使う黒漆塗り、さらに双眸に妖しい輝きをもたせる金属片の嵌めこみにいたるまで、全工程をひとりで仕上げる高度な職人技である。一朝一夕に身につけられる技ではなく、能楽も熟知していなければできない。

ときおり手をやすめて彫りかけの面を眺めている鵜沼玄士郎の表情には、気にいった仕事に没頭している職人の恍惚感がただよっていた。

とはいうものの、壁際の刀架けには大小の刀が架けてある。鋭い双眸、鍛えあげた筋骨。どこから見ても、能面師というより剣客にふさわしい。

ふいに入り口の戸障子がガラリとあいて、唐桟縞の単衣の着流しに雪駄をつっかけた男が顔をだした。

「お、旦那。またぞろ能面彫りですかい。よく飽きませんねぇ」

へらへらと笑いながら無遠慮に土間に雪駄をぬぎすて、あがりこんできた。

あごのとがった狐づらに目尻がつりあがっている。一見してご定法(じょうほう)の外で生きる破落戸(ごろつき)だとわかる。

鵜沼玄士郎は不快そうに眉をしかめ、吐き捨てた。

「弥造(やぞう)か。朝っぱらから、なんの用だ」

「きまってまさぁね」

男はどっかとあぐらをかくと、懐中からつかみだした紙包みを鵜沼玄士郎の膝前にすっと押しやった。

「どうでも旦那に引きうけてもらいてぇ仕事ができやしたのさ」

「ふ……」

玄士郎は不快そうに小鼻に皺(しわ)をよせた。

「また、人斬りか」

「へへへ、旦那にお頼みしてぇこととといや、それっきゃありやせんやね」

男が紙包みをひらいて見せると、小判がジャラリと黄金色の光をはなった。

「手つけの半金でさ。受け取っておくんなさい」

「半金で十両とははずんだものだ。裏がありそうだな」

「へへへ、お察しのとおりで……」

男は狡猾そうな目をすくいあげた。

「今度はちょいと面倒な相手でしてね。越前屋さんも始末料をはずみなすったんでしょうよ」

鵜沼玄士郎の双眸がキラリと炯ったった。

「というと、相手は二本差しか」

「へい。さすがは旦那、図星で」

「越前屋の縄張りに賭場荒らしの浪人でもあらわれたのか」

「いえ、それくらいのことなら旦那の手を借りるまでもありやせんや」

男は口をひんまげると、指を二本立てた。

「なんともタチのわりぃ八丁堀の小役人が二人。おまけに一人はめっぽう腕がたつときてやがる」

「気にいらんな」

鵜沼玄士郎は冷ややかな眼ざしを向けると、鑿の先で紙包みの小判をジャラリと男のほうに弾きかえした。

「帰って越前屋に伝えろ。食いっぱぐれた痩せ浪人ならともかく、いくら木っ端役人でも八丁堀を二人も手にかけたとなると、奉行所ばかりか、公儀御目付まで探索に乗りだしてくるだろう」

　鵜沼玄士郎は舌打ちした。

「いま、そんな厄介ごとに手をだす気にはなれんな」

「旦那……」

「ただの人斬りなら、深川あたりを探せば銭に飢えている浪人者がごろごろしておる。五両もだせばダボハゼみたいに飛びついてくるだろう。そっちをあたってみることだな」

　そう言うと鵜沼玄士郎はふたたび鑿を手に能面打ちに没頭しはじめた。

「ちょ、ちょっと待ってくだせぇ。ここで旦那にそっぽ向かれたら、あっしの顔が立ちませんや」

「おまえのツラが立とうが、つぶれようがおれの知ったことか」

「そ、そんな……つめてぇことを」

「いいか、おれが面を打っているときは厄介ごとをもちこむなと言っておいたはずだ。越前屋もそのことは知っているはずだ」

　そう言うと玄士郎はくるっと背を向けてしまった。

「ちっ！　たかが道楽の面打ちぐらいで越前屋さんの頼みを袖にしていいんです

かい。越前屋さんに臍をまげられたら本所深川じゃ生きていけませんぜ」

その瞬間、玄士郎の玻璃のような冷たい双眸が肩越しにキラッと炯ったかと思うと、男の膝前に鑿が飛んで、グサッと板の間に突き立った。

「ひえっ！」

男はバッタのように飛びあがった。

「おれを甘くみるなよ。越前屋が臍をまげたところで痛くもかゆくもない。出直してこい」

「だ、旦那……」

「どうでも殺らせようというのなら、一人頭百両、二人なら二百両、前金でもってくるんだな」

「そ、そんなべらぼうな!?」

「それが嫌なら、破落戸浪人でも雇うことだ」

鵜沼玄士郎は冷ややかに言い放った。

「わ、わかりやしたよ」

二

「ふんぎゃあ、ふんぎゃあ……」

赤ん坊がむずかって泣きしきる声に入りまじり、源助とおよしがボソボソと言い争う声が板壁のむこうから聞こえてきた。

「なぁ、およし。頼むから、もうちょいと寝かしてくれねぇか」

亭主の源助が情けない声で哀願しているが、女房のおよしはにべもなくピシャリときめつけた。

「あたしに文句言ったってしょうがないだろう。赤ん坊は泣くのが商売なんだからさ」

――また、はじまったか……。

源助は通いの大工である。寝不足では仕事にも身が入らない。

一番鶏もまだ聞こえない未明だ。源助がこぼしたくなるのも無理はない。とはいうものの、およしの言い分ももっともである。赤ん坊は大人の都合などおかまいなしだ。

神谷平蔵が、この弥左衛門店に本道（内科）と外料（外科）の看板をかかげてから、ざっと三年になる。

平蔵は駿河台に拝領屋敷をかまえる千八百石の大身旗本・神谷家の次男に生まれた。剣に天賦の資質があった平蔵は鐘捲流の達人佐治一竿斎から免許皆伝を許されたが、医師をしている叔父の夕斎に子がないため養子となって夕斎の跡を継ぐことになった。

やがて東国磐根藩の藩医に招かれた夕斎とともに磐根におもむいた平蔵は藩の命をうけて長崎に留学したが、夕斎が磐根藩の内紛に巻きこまれ凶刃にたおれたため帰国して養父の仇討ちを果たした。

江戸にもどった平蔵は神田新石町の弥左衛門店の一角に本道と外料を兼ねた診療所をひらき、患者の治療にあたるかたわら、剣友の矢部伝八郎、井手甚内とともに小網町に共同出資して剣道場をひらいた。

隣家のおよしが身ごもったのは去年の春で、近くに産婆がいないことから、平蔵にお鉢がまわってきた。

産科は畑ちがいだが、医者の看板をかかげている手前、頼まれたら無下に断るわけにもいかない。なんとかなるだろうと主治医を引きうけた。

　そもそもお産は自然の摂理で、田舎の農婦などは野良仕事をしている最中に産気づき、そのまま畑で赤ん坊を産み落とすこともめずらしくない。妊婦が健康ならほうっておいても潮が満ち、生まれるものだ。

　およしの出産もらくなものだった。正月が明けて間もなく陣痛がはじまり、出産まで一刻（二時間）とかからなかった。

　ものはついでだからと名付け親を頼まれ、筍のように、すくすく元気に育つようにと、竹という名にしてやった。

　あれから三ヶ月、およしの乳の出もよく、お竹はまるまると肥え太り、このころ昼夜の別なくわめきたてる。

　泣く子と地頭には勝てぬとはいうものの、さすがに平蔵も、近頃では寝不足がつづいてげんなりしているところだった。

「けどよぅ、こう毎朝ぐずられたんじゃ、おらぁ、いちんち頭がボーッとして仕事になりゃしねぇ。はえぇとこオッパイ飲ませて黙らせてくれよう」

　板壁のむこうで源助がぼそぼそと哀願する声がしていたが、

「なにがボーッとさ！　ボーッとが聞いて呆れるね。おまえさんなんか生まれたときからボーッとしっぱなしじゃないか。いっちょうまえの口きくんじゃないよ」

　およしは頭ごなしに一蹴した。

「なにを、このアマ！　ぬかしやがったな」

　いつもは女房の尻に敷かれっぱなしの源助もさすがに頭にきたらしく、ピシャリと派手な平手打ちをかます音がした。途端に、およしの金切り声が炸裂した。

「ちくしょう！　ひっぱたいたねッ」

「ア、イテテッ。こいつ！　亭主のつらに爪をたてやがったな」

「なにが亭主さ！　いまになってぐちゅぐちゅこぼすんなら、ややを産ませるようなことしなきゃよかったんじゃないか」

「てやんでぇ。ねぇおまえさん、なぁんて鼻声鳴らしちゃケツおっつけてきやがったのは、どこのどいつだ」

「ちょいと！　いつ、あたしがあんな暑苦しいことしてくれってせがんだのさ。いつだって、おまえさんがやらせろやらせろって、しつこいから可哀相だと思ってやらせてやったんじゃないか」

「へっ！　人聞きのわりぃことぬかすな。つぶれたボタモチみてぇな嬶を抱くのにいちいちお願いするほどおちぶれちゃいねぇや」

「なんだって！　つぶれたボタモチで悪かったわねッ。このチョウチンフグのできそこない！」

犬も食わない夫婦喧嘩とはこのことである。合間をぬって、赤ん坊がここを先途と泣きしきる。

平蔵、ついに我慢の糸が切れた。

土間に飛びおりると、板壁をドンとたたいて一喝した。

「ばかもん！　朝っぱらから、いい加減にしろっ」

効果覿面、痴話喧嘩は一瞬にして水を打ったように静まり、しばらくすると赤ん坊をあやすおよしのやさしげな声が聞こえてきた。

「おお、よしよし……たんとオッパイを飲んでネンネするんだよ」

およしが乳をふくませたらしく、赤ん坊のむずかりがおさまった。

——やれやれ、他愛もないものだ。

もうひと眠りしようと平蔵がまどろみかけたときである。

「なぁ、もう、そろそろいいだろう……」

源助がおよしの機嫌をうかがう声がぼそぼそと聞こえてきた。

「なにが、さ」

およしの突慳貪な声をかいくぐって源助がしつこくねだる。

「きまってんだろ。もう、ずっとご無沙汰してんだぜ」

「ちょいと、なにさ。この手は……もそもそと気色の悪い。ちょ、ちょっと、おまえさん。だめだってば……」

どうやら源助、朝立ちの帆柱をもてあましているようすだ。

――ま、無理もないか……。

源助はまだ三十前の男盛りである。それが産前産後、〆て三月以上、女房から門前払いを食わされているのだ。おまけに源助は外で隠れ遊びができるような度胸もない不器用者である。そろそろ頭に血のぼせても不思議はなかった。

「そんなつめてぇこと言わねぇでもいいだろう」

源助は未練たらしく、およしにせがんでいる。

「なぁ、嬶はややを抱き亭主尻を抱くってバレ句もあるんだぜ。お竹に乳を飲ましてるあいだによ。ちょこちょこっと……」

「だめったら、だめ。……はげしいのはいけないって、隣のせんせいにも言われてるじゃないか」

「だから、そろりとするからよ。尻で書くのの字も筆の遣いようともいうぜ。そろりとすりゃ、からだにさわりゃしねぇって……」

「ちょ、ちょいと……なにすんのさ」

「なんでぇ。おめぇもけっこうその気になってるじゃねぇか」

「ンもう、ずうずうしい……せんせいに言いつけるよ」

「へへへ、うしろからぐっと乗りこむ一の谷……」

「あ、ああ……お、おまえさんたら」

邪険だったおよしの声が甘やいできた。

どうやら源助のやつ、うまい具合に大願成就したらしい。

――やれやれ、やっと一件落着か……。

ホッとしたものの、なにやらばかばかしくなってきた。

いまさら寝なおす気にもならず、早々に起きだした平蔵は手ぬぐいを肩にひっかけ、歯みがき用の塩を手に薄暗い路地に出た。

この長屋の十字路には共同の水道枡（ます）の井戸がある。

掘り抜きの井戸ではなく、水不足の江戸市中に配慮した幕府が、神田上水と玉川上水の清流を分岐し、地下に水道樋をめぐらせ、費用を負担した地主の土地に水道枡を造る許可をあたえたのである。この長屋もそのひとつであった。

はねあげ式の釣瓶（つるべ）で枡の水を汲（く）みあげ、指につけた塩で歯茎をみがき、顔を洗いはじめた平蔵は、ふと手をとめた。

むこう側の路地の長屋の前で、こっちに背を向けてしゃがみこんでいる女がいたのである。

袖口を目にあてているところをみると泣いているらしい。

——たしか、お宇乃さんといったな……。

ふた月ほど前に夫婦で弥左衛門店に引っ越してきた女で、差配の六兵衛につれられて平蔵のところにも挨拶まわりにきた。年は二十二、三というところか。小股のきりっと切れあがった、なかなかの器量よしだった。

亭主の新三郎は小間物の担い売りをしているということだったが、近所づきあいは苦手なのか、挨拶にも女房をよこしたきりだった。

一度、夜遅く酒に酔ってもどってきた新三郎を見かけたことがあるが、口をきいたことはない。

担い売りの小間物商にしては色のなまっちろい道楽者という感じがした。

いずれにしろ、夜があけきらぬ未明に女がひとりで泣いているのを見すごすわけにはいかない。

「どうかなされたか……」

近づきながら声をかけると、お宇乃はしゃがみこんだまま首をよじってふりむき、あわてて腰をあげた。

藍で染めた寝巻に赤いしごきの帯をしめ、素足に駒下駄というあられもない格好だった。

寝巻の裾前が乱れて、どきっとするような白い腿がちらついた。

お宇乃は急いで涙を指先でぬぐい、胸前をかきあわせると、

「い、いえ。……お恥ずかしいところをお目にかけて申しわけありませぬ」

口を濁し、逃げるように家のなかに駈けこんでしまった。

白い頬に亭主にぶたれたらしい痕がいたいたしく残っていた。

三

「ねぇ、せんせい……先だって引っ越してきた夫婦もん、ありゃ長屋の疫病神になるんじゃないかって、みんなそう言ってますよ」

朝一番に脚気の治療にやってきたおきんが、平蔵の指圧をうけながら声をひそめてささやいた。

おきんはむかいに住む棒手振り（ぼてふり）の魚屋をしている太吉の女房である。太吉は評判の働き者だが、おきんは遊び好きで、無類に口達者な女だ。

「疫病神とはおだやかじゃないな」

平蔵は思わず眉をひそめた。

「あの夫婦者がなにか面倒でもおこしたのか」

「いえね、あの新三郎って亭主、担い売りの小間物屋だっていうけど、荷をかついで稼ぎに出たのは引っ越してきて十日ぐらいのもんですよ」

「いいじゃないか。人間、気ののらないときだってある。商いがうまくいかなきゃ気もめいるだろう。それくらいのことでとやかく言うことはなかろう」

「だって、せんせい、そんなこと言ってたらおまんまの食いあげですよ。それに、あの男ときたら、いちんち家でごろごろしてるだけ、たまに夜出かけちゃべろんべろんに酔っぱらって帰ってくるか、さもなきゃこっそり朝帰り……おまけにたまに顔をあわせても挨拶ひとつするでなし、泥棒猫みたいにこそこそ家にもぐりこんじまうんですからね」

おきんの饒舌（じょうぜつ）はとどまるところを知らない。腹ばいになって、平蔵に太腿の付け根の承扶（しょうふ）というツボを指圧してもらいながら、しゃべりつづける。

「亭主が亭主なら女房も女房ですよ。引っ越してきてからこっち、あたしらとまともに口ひとつきいたことがないんですよ。いつだって声かけると逃げるように家んなかにすっこんじまうんだから……。きっと、なんか疚しいことをしてきたにちがいないって、みんなそう言ってるんですよ」

「ふうむ……」

どうやら、よほど近所づきあいの悪い夫婦らしいが、だからと言って、よってたかって爪弾きするのも殺生だ。

長屋住まいというのはむつかしいもので、平蔵も越してきてすぐは異分子あつかいされて苦労したおぼえがある。

長屋というのは住人のなかに悶着をおこす者がでると、一蓮托生で全員がお咎めをうける羽目になりかねない。だから気心が知れるまで用心するのだ。

おきんの言い分にも一理はあるが、だからといって疫病神あつかいするのもどうか。

「ま、そうムキになるな。世の中には人づきあいの下手なものもいる。だからって人が悪いとはかぎらん。妙な勘繰りはしないことだ」

「やっぱりねぇ……。男はこれだからいやんなっちまう」

おきんが首をひねって見あげながらにらんだ。

「ん？　どういうことだ」

「うちの亭主も、せんせいもおんなじ。……うちのひとときたら、あの人は口下手なだけだ。そう悪く言うもんじゃないなぁんちゃって、お宇乃さんの肩もつんだもの。どうして男って、ちょいと色っぽい女に弱いんですかねぇ」

ははぁ、そういうことか……。

どうやら亭主の太吉が、お宇乃をかばいだてしたのが、おきんの気にさわったらしい。

「まぁね、お宇乃さんは見てのとおりの別嬪さんだし、物腰が灰汁ぬけして見えますからね。あれに男はころっといかれちまうんですよ」

口ぶりに器量よしの女への妬心が見えかくれしている。

「どこで二人が知りあったのかわかりませんがね、あの新三郎って亭主は、きっとお宇乃さんのことで商いをしくじって奉公先を追んだされたんですよ」

女は自分の都合にあわせて物語をでっちあげるというが、おきんの話はまさしくそれだった。

「よさんか。そういう勝手な当て推量で人をおとしめちゃいかん。だいたい、亭主が汗水流して働いてるのに、やれ芝居だ花見だとちゃらちゃら出歩いてる人間がだ、よく、ひとのことをとやかく言えるな」

「あら、それ、もしかして、あたしのことですか」

「ほかにだれがいる」

「ちょ、ちょぃと、せんせい、そんなひどい……」

「ひどいと言や、おまえの脚気のほうがよっぽどひどいぞ」

平蔵は膝の裏側にある委中（いちゅう）というツボをグイッと押した。

「ア、イタタタッ！　痛いよ、せんせい」

「ほらみろ。足がむくんで干し大根みたいに弾力がなくなってる。このまんまじゃ四十の坂をこえるころにはヨイヨイになるぞ」

「そ、そんな……おどかさないでくださいよ」

「ま、太吉はやさしい男だから、女房がヨイヨイになったからって見捨てたりはしないだろうが、ほかに女のひとりぐらいはつくるだろう。……それくらいのことは覚悟しておくんだな。ヨイヨイの女房のシモの世話だけじゃ我慢できんだろうからな」

「いやなこと言わないでくださいよぅ……」

おきんは真顔になって泣きついた。

「ねぇ、せんせい。どうすりゃいいんですよ」

「だから前まえから言ってるだろうが。脚気は毎日の食養生が肝心、ほかに道はないと思え」

脚気は別名を「江戸患い」ともいう。

江戸には天領（直轄領）からの年貢米、諸藩から江戸屋敷に送られてくる藩米などの大量の米がはこびこまれ、浅草、深川、本所、芝、日本橋の河岸沿いに建ち並ぶ米蔵に納められる。

米は幕臣や、各藩の江戸詰めの家臣たちの俸禄にあてられるが、武士も米だけもらっても困るから、自分たちで食べる分をのぞいてほとんどを札差しに委託し、金銭をうけとる仕組みになっている。

いわば江戸は米の大集結地だったから、金さえ出せば、いくらでも米の飯が食べられる環境にあった。

札差しから米を買い取った米問屋は米屋に卸し、米屋は三分搗き、五分搗き、七分搗き、白米など、客の需要に応じて精米し、売りさばくが、元禄時代に入ってからは白米が主流になっていた。

田舎では米三割に麦七割の麦飯でも上等で、貧しい地方では粟や稗などの雑穀をまぜた飯や、大根や野菜をまぜて量をふやした糅飯まで食べるところもあったが、江戸っ子は菜は沢庵だけでもいいからと、白米の飯を好んで食べた。

この白い飯が仇となって江戸には脚気の患者が急増し、「江戸患い」などというありがたくない別名までつくようになった。

白い飯は口あたりがよくうまいが、精米するときに糠を削ぎ落としてしまう。糠に入っている栄養分の欠如が脚気の原因だった。

この弊害をおぎなうには糠漬けを食べるのがいちばん手っ取り早いのだが、おきんは糠漬けはくさいとか、手が荒れるとか横着なことを言って漬けようとしないばかりか、買って食べようともしない。

「たしか前にも言ったはずだが、どうでも白い飯を食べたいのなら糠漬けを三食かかさず食べろ。夏はキュウリや茄子、冬は大根、なんでもいいから野菜を糠にしっかり漬けこんで食うことだ」

「やだなぁ。あたしは浅漬けのほうがサッパリして好きなんですがねぇ」

「ヨイヨイになりたいのか」

「わかりましたよ。糠漬けを食べりゃいいんですね」

「それだけじゃ足りん。なんでもいいから青菜のたぐいをせっせと食べろ」

「ちょ、ちょっと！　それじゃまるきしコケコッコかチンチロリンのエサじゃありませんか」

「だったら、ヨイヨイになって太吉にシシババの面倒をみてもらうんだな」

「もう……意地悪なんだから。わかりましたよぅ」

「魚はいいが肉や卵、天麩羅、まんじゅうなどには手をだしてはならんぞ」

「ひどい。ひどすぎますよぅ。それじゃ、楽しみってもんがなくなっちまうじゃありませんか」

「そんなことはなかろう。甘いまんじゅうは禁物だが、自前のまんじゅうを亭主に食わせるという楽しみもあるだろうが」

「え……自前のまんじゅう」

首をかしげかけ、おきんは柄にもなく赤くなった。

「ま、いやだ、せんせいったら……」

ピシャリと平蔵の腿をぶった。

「ばか。ふざけてる場合じゃないぞ。足をみろ、足を……ふくら脛のむくみが太腿にまであがってきておる。こう、指でおせば、へこんだきりもとにもどらんだろうが」

　おきんの生っちろい太腿の肉をグイッと指で押し、平蔵、こわい目になった。

「これが心ノ臓にまわったら脚気衝心(かっけしょうしん)といって七転八倒し、死にいたる」

　おきんはゴクンと唾を飲みこみ、声もでなくなった。

「死ねば太吉におまえのまんじゅうを食わせてやることもできなくなるんだぞ。それでもいいのかね」

「い、いやですよぅ。そんな……」

「いいか、つまらん陰口にうつつをぬかす暇があったら、もっと自分の躰を大事にすることだ」

「わ、わかりましたよ……」

　おきんは青菜に塩をかけたようにしょんぼりして帰っていった。

　すこし薬がききすぎたかな……。

　ちょっぴり可哀相な気もしたが、おきんという女にはあれくらい言ってやってちょうどいいと思いなおした。

　それにしても、近所づきあいが悪いというだけで、長屋の女房がよってたかってのけものにするのも殺生な話だ。

しらじら明けの薄暗い路地にしゃがみこみ、ひっそりと泣いていたお宇乃の姿には深い孤独の影がにじんでいた。

とはいうものの、おきんの噂話の真偽はともかくとして、越してきて二ヶ月もたつのに長屋の女房たちと口ひとつきこうともしないとなれば、陰口をたたかれるのも無理はない。

どうやら、あの夫婦者、何か人には言えぬ裏がありそうだな……。

気にはなったものの、つぎつぎにやってくる患者の診療に追われているうち、お宇乃のことはころっと忘れてしまった。

四

鵜沼玄士郎は丸行灯(まるあんどん)のほのかな灯(あか)りをたよりに能面を打ちつづけていた。

瞳孔を鑿(のみ)で刳(く)り抜くと、彫りあがった白木の面(おもて)を灯りにかざして見た。

行灯の灯りに照らしだされた女面は口元に微かな笑みをうかべ、やさしげな双眸には含羞(がんしゅう)をたたえている。

四角く刳り抜かれた瞳孔は、不思議に円形の瞳よりも円(つぶ)らに見える。

瞳は、どういうわけか通常の能面のものより大きかった。

行灯の灯りがかすかにゆらぐと女面はさまざまな表情を見せる。

ためつすがめつ彫りあげたばかりの面に見入っていた玄士郎の口から、ぼそりと声が漏れた。

「おちせ……」

亡き妻の名か、失った恋人の名か、それとも妹か、母の名か……つぶやきには底知れぬ暗い情感がこもっていた。

玄士郎は面を手にして部屋のすみに置いてある漆塗りの鏡立ての銅鏡の前にすわりこみ、面を顔の前にかざした。

「うむ。よくできた……そっくりじゃ」

鏡にうつった女面を見て満足そうにうなずくと、面を顔からはずし、また、鑿を手にした。

おそらく昨夜は一睡もせずに鑿をふるいつづけたのだろう。

玄士郎の額にはじっとり汗がにじみ、頬には憔悴(しょうすい)の影が見られたが、能面にそそぐ眼ざしには恍惚感がただよっていた。

ふと玄士郎の目に不快な炯(ひか)りが走った。常観寺境内に敷きつめられた砂利を踏んで近づいてくる足音を耳にしたのである。

「ふふ、どうやら越前屋だな……」

玄士郎は頬に冷笑を刻んだ。

戸障子があいて、小柄な老人が土間に入ってきた。

「失礼しますよ」

老人は物腰も低く、にこやかに声をかけて雪駄をぬぐと、上がり框を踏んであがりこんできた。

「元締めもしびれを切らしたらしいな……」

「なんの、あたしは待つことにはなれておりますよ」

越前屋はさらりと受けながし、白足袋の足を板の間にはこんだ。

うしろに配下らしい男が二人、影のようにつきそっている。

一人は連絡役の弥造という男だったが、もう一人は黒っぽい無紋の着流しに脇差しを帯にたばさんだ惣髪の浪人ふうの男だった。

肩幅もがっしりし、頬骨が高く、角ばった顔をしている。

「ほう。室井さんもいっしょだったか」

室井とよばれた男はにこりともせず、菓子箱らしい風呂敷包みを手にしたままあがりこむと、越前屋のかたわらに風呂敷包みを置いて、どっかとすわりこんだ。

「玄士郎。どうやら面は彫りあがったようだな」

「ま、あらかたな……」

鵜沼玄士郎は薄笑いをうかべた。

「まだ化粧はすんでおらん。素っぴんのままでは若女(わかおんな)も映えぬわ」

「化粧塗りがすむまで元締めを待たせるつもりか」

室井棋八郎(きはちろう)の目がギラッと底びかりした。

「わがままもほどほどにしろ、玄士郎」

「ふふふ、おれを脅す気かね」

玄士郎は挑発するような目で見返した。

「まぁ、ま。ここで二人に言い争いされては困りますな」

越前屋はなだめるように手をひらひらふった。

「鵜沼さま。こうして、わたしが出向いてきたからには、どうでも引きうけてもらいますよ」

越前屋は六十路をこえているだろう。町人髷(まげ)の髪も、眉毛も真っ白だが、顔の色艶はよく、声もおっとりしていた。

一見、どこぞの大店(おおだな)のご隠居らしい福相に見えるが、本所深川界隈で、この越前屋百蔵(ひゃくぞう)に逆らう者はいないと恐れられている。

背中におおきな般若(はんにゃ)の刺青(いれずみ)をしょっているところから、「般若の百蔵」ともよばれていた。

「なにせ、今度の仕事はほかの者にはまかせられぬことでございましてね」

表向きは柔和な笑みをたたえているが、越前屋百蔵の口ぶりには有無をいわさぬ威圧感がただよっていた。

「気がすすまぬというたら、どうするつもりだ」

「そんなはずはございませんよ」

百蔵はちらっと肩越しに弥造をふりむいた。

「たしか鵜沼さまは、どうでもというのなら、一人頭の始末料に百両用意しろとおっしゃったんだな」

「へ、へい……」

百蔵は風呂敷包みをひらいて菓子箱を取りだし、蓋をあけた。

箱には一分銀の切餅が八つ、びしっと敷きつめられていた。

「おっしゃるとおりに二百両、前金で持参いたしました」

百蔵の目が糸のように細く切れた。

「ただ、わたくしは一人の始末料を五十両までときめております。この決めを破っては今後のしめしがつきません」

「ならば、どうしようというのだ」

「上乗せ分の百両は、これまで鵜沼さまがお打ちになった能面のどれかを手前におゆずりいただくということでいかがですかな。それなら、どちらの辻褄もあうというものです」

「ふうむ。辻褄あわせか……」

「仕事というものは、何事も辻褄あわせでございますよ。帳尻があわぬと、どこかでボロがでるものですからな」

「おれが打った能面を百両で買って辻褄があうのか」

「なに、能面などというものは値段があってないようなもの。値をつけるのは買い手の腹づもりひとつでございましょう」

「おもしろい。その言い分、気にいった」

玄士郎は壁面にかざってある能面を目でしゃくった。

「どれがほしい」

「さよう……」

百蔵はひとわたり能面を見渡し、迷うことなく般若面を指さした。

「あれをいただきましょうか」

「般若、か……」

鵜沼玄士郎はカラカラと乾いた声で嗤(わら)った。

「ひとの怨念を嫌(いや)というほどしょいこんでいる般若の百蔵に、女の怨念をあらわす般若の面とはまさしくうってつけだ」

「では、話はまとまりましたな」

「よかろう。たしか相手は八丁堀の小役人が二人だったな」

「はい。こやつらは公儀の役人とはいえ、生かしておいては世のため、人のためにならぬ悪党でございますよ」

「嘘をつけ。おれにそんな能書きは無用だ」

玄士郎は口辺に冷笑をうかべた。

「元締めの口から、世のため、人のためなどというセリフが出ても、だれも本気にはせぬよ。いまさらきれいごとを言わずともよい。本音は越前屋の商売の邪魔になるということだろうが」

「ふふ、ふ……」

百蔵は苦い目になった。

「鵜沼さまにはかないませぬな」

「ま、よいわ。引きうけるからには相手が悪党だろうが、善人だろうが一向にかまわんが、どこで、いつ殺るか、そっちで手筈をつけてもらおう」

「そのことならぬかりはありませぬよ。おまかせください」

百蔵は手をのばして壁から般若の面をとると、おおきくうなずいた。

「いや、それにしても、よくできておりますな。見ていると魂を吸いこまれてしまいそうな気がしてまいりますよ」

「その般若には、おれが手にかけた人間の怨念を刻みこんである。その怨念が乗りうつって、祟るかも知れぬぞ」

「なに、わたくしも、鵜沼さまも、どうせ極楽浄土とやらにはいけぬ身でございますからな」

「ふふふ、ちがいないわ」

鵜沼玄士郎の双眸に暗い炎がともった。

第二章　掘り出し物

一

その日はどういう風の吹きまわしか、ひっきりなしに患者がやってきて、神谷平蔵は一息いれる暇もなかった。

患者といっても、やれオデキが腫れただの、虫歯が痛いだの、子供が喧嘩で足を挫いただのというたぐいの、他愛もないものばかりだったが、大の男が膿みきったオデキを切開するだけで殺されそうな悲鳴をあげるし、ふだんは亭主をぼろくそにこきおろしている女房が歯を抜こうとすると足をばたつかせて暴れる。

めっぽう手がかかるわりに治療代は安いが、だからといって手抜きをするわけにもいかない。なんとも割にあわない商売である。

九つ半（午後一時）すぎ、最後の患者になった虫歯で大暴れした女房を送りだしたのといれちがいに、剣友の矢部伝八郎がやってきた。

「ほう。そろそろ閑古鳥でも鳴いているころかと思っていたら、そうでもなさそうだの」

にやりと冷やかした。

「ばかを言え。朝っぱらから患者がつめかけて昼飯も食いそこねたほどだ」

「ふうむ、千客万来か。そりゃ、けっこうけっこう。そのぶんだと、近いうち表通りに診療所を新築ということになりそうだな」

今度はぬけぬけと太平楽なことをほざいた。

「なにをぬかしやがる。一人治療して五十文か、せいぜいが一朱、二朱だ。一人口を糊するのがやっとよ」

「なに、塵もつもれば山となるだ。商いは飽きないというくらいだからな」

らしくもない能書きをたれて、奥の六畳間にあがりこむと、万年床の上にどっかとあぐらをかいた。

「なんだなんだ、この散らかしようは……男やもめにウジがわくというが、こりゃちとひどすぎる。この布団はえらく汗臭いぞ。いつ干したんだ。ん？」

「おれが寝る布団だ。ほっといてくれ」

番茶をいれながら苦笑した。

「いかん、いかん。かりにも病いをなおす医者が、こんなむさい暮らしをしておっては患者も減るぞ。早いところ気のきいた女を見つけろ。どこか近くに色っぽい後家か、出戻りの年増でもおらんのか」

「ばか。古手屋みたいな口をきくな。だいたいが、おれの女は後家か、出戻りときめつけるのはどういうわけだ。ん？」

「きまっとろうが。きさまは前まえから年増好みだからの」

「なんとでも言え。おれと、おまえとでは女を見る物差しがちがうだけだ」

「ちっ、なにが物差しだ。女は年増より、ピチピチした若い娘のほうがいいと昔から相場はきまっておる」

「ふふふ、なにせ、きさまはむっちりぽんが好みだからな」

「ま、なんとでもぬかせ。……そういえば、このところあの道楽者の上方医者の卵はどうしたんだ。とんと顔を見んな」

「ああ、洪介のことか」

伝八郎がいうのは、平蔵が長崎留学のおり知り合った渕上洪介のことである。

父の丹庵は大坂でも聞こえた名医だが、倅の洪介は根っからの女好きで、おまけに芝居に目がなかった。一度、東くだりして江戸の女と団十郎の芝居を見ようと、医学研鑽と称して父を口説きおとし、平蔵をたよって江戸に来たのだ。

貸し家と飯炊きの婆さんをあてがってやったのだが、十日ほど前に大坂から飛脚がきて、丹庵が病いで寝こんでしまったと知らせてきた。

「ははあ、それで泡食って大坂に帰ったというわけか」

「ま、そういうことだ」

「もしかしたら、倅の金づかいが荒いんで、仮病でも使って呼びもどしたんじゃないのか」

「まさか、そんなことはあるまいが……」

平蔵が苦笑したとき、表の路地で何人かの女たちの姦しい金切り声がはじけた。

「ああっ、また、ぶったよ！　なんてことすんのさっ」

「あれじゃ殺されちまうよ！」

ただの喧嘩にしては穏やかならぬようすだ。

ほうっておくわけにもいかず、平蔵が路地に出てみると、斜むかいの十字路の角に長屋の女房たちがたかっている。

「あ、せんせい！　なんとかしてやってくださいよっ」

おきんが平蔵を見るなり駆けよってきた。

「いくらなんでも、あれじゃひどすぎますよぅ」

おきんが平蔵の腕をつかんでむらがっている女房たちをかきわけ、前に押しやった。

薄暗い部屋のなかで目を三角につりあげた色白の男が、女の髪をつかんで引きずりまわし、殴りつけ、蹴りつけていた。

足蹴にされている女の横顔が見えた。

男に逆らおうともせず、ひたすら耐えているのは、お宇乃だった。

荒れているのは亭主の新三郎だった。

お宇乃の頬には青痣(あざ)ができ、唇が切れて血がにじんでいる。

「こらっ、やめんかっ！」

飛びこんだ平蔵は新三郎の手首をつかみ、頬桁(ほおげた)を一発ひっぱたいた。

新三郎は他愛もなくふっとんだが、

「やりやがったなっ！」

血走った目でわめき、懲(こ)りずにむしゃぶりついてくる。

「ちきしょう！　おれの女房をどうしようが、おれの勝手だろうがっ」

男の口からプーンと強い酒気が臭う。

「ばか野郎。女房ならなにをしてもいいというのかっ。そんな屁理屈はこの長屋じゃ通らん！」

平蔵は片手で襟をしめあげ、手足をバタつかせ暴れる新三郎を宙につるしあげ、土間のほうに投げ飛ばした。

「うわっ！」

竈にぶつかってドサッと土間に転がり、跳ね起きようとした。

「なんだ、なんだ、こいつは……」

ぬっと土間に入ってきた伝八郎が、虫でもつまむように新三郎の襟首をひょいとつかみあげた。

「な、なにしやがんでえっ！　はなせ、はなしやがれっ」

「おい、神谷。こやつをどうする」

「いいから水でもぶっかけてやれ」

「よしきた」

伝八郎、竈の脇の水甕を軽がるとかかえあげると、新三郎の頭から甕の水をぶちまけた。

「ひいっ！」

「おまえさまっ」

お宇乃が裸足（はだし）のまま土間に駆けおり、濡れ鼠（ねずみ）になった新三郎にすがりつくと、懸命な目を平蔵にふりむけ、懇願した。

「堪忍してやってくださいまし！　なにもかも、わたしのせいなんです。わ、わたしが、このひとをこんなふうにしてしまったんです」

「お、お宇乃……」

土間にべたりとすわりこんだ新三郎が肩をふるわせ、泣きじゃくった。

「すまない。お宇乃……お、おれは……おれは」

平蔵も伝八郎も憮然とした。

二

「いったい、なんなんだ。あの夫婦は……ええ、おい」

伝八郎は仏頂面（ぶっちょうづら）になって小鉢のなかの煮物をパクリと口にほうりこんだ。

「亭主も亭主だが、女房も女房だ。なにもかも、わたしのせいとはどういうことなんだ。ん？」

「うむ……」

平蔵、渋い顔になった。

犬も食わない夫婦喧嘩とはよく言ったものだ。

あれから差配の六兵衛が新三郎とお宇乃をともなって平蔵のところに詫びをいれにきたが、なぜ新三郎が女房に乱暴をしたのかははっきりしないままだった。

六兵衛の顔もあるから、以後、人騒がせな喧嘩はするなとダメを押してケリをつけたが、平蔵も釈然としなかった。

三人が引きあげたあと、気分なおしに伝八郎をさそい、両国橋ぎわの火除地にある料理茶屋「味楽」に足をはこんだのである。

ここは、顔見知りの北町奉行所の定廻り同心斧田晋吾に紹介されてから、ひいきにするようになった店だ。

「そもそもだ、さんざん女房を痛めつけておきながら、すまないと泣く亭主も亭主なら、なにもかも、わたしのせいだと亭主をかばう女房も女房だ。あれでは夫婦喧嘩を止めに入ったおれたちは、ばかみたいなもんじゃないか」

伝八郎の憤懣はおさまりそうにない。

「それに、なんだ、あの新三郎という宿六は……役者みたいなナマっちろい顔をしやがって、男のくせに人前も憚らずベチョベチョ泣くなんざ、ばかばかしくて見ちゃおれん。あれでも股倉にキンタマをぶらさげておるのか、ん？」

「ま、矢部さまもお口の悪い」

酌をしていた仲居のお甲が笑いながら目でにらんだが、伝八郎の悪態はとどまるところがない。

「あの、お宇乃とかいう女房の気持ちもわからんな。あれだけの器量よしが、あんなへなちょこの、ろくでなし野郎のどこがよくてくっついたんだ」

「そんなのめずらしくもありませんよ」

お甲がさらりと言ってのけた。

「世の中には、そういうへなちょこの、ろくでなしが可愛いって女もけっこういるんですよ」

「あん？　へなちょこでろくでなしの男の、どこが可愛いんだ」

「そうねぇ……」

お甲はちょっと小首をかしげ、

「なんていうのかしら、このひとはあたしがついてないとダメ……そんな気持ちになるんじゃないかしら」

「ちっ、五つ六つのガキじゃあるまいし……」

「ふふ、女の目から見れば、殿方というのはいくつになっても、どこかに子供みたいなところがあるんですよ」

「なにぃ……」

「なんなら、お奈津さまに聞いてごらんなさいまし。きっと矢部さまのことを、心のすみのどこかで可愛いと思ってらっしゃいますよ」

「う、うっ……」

伝八郎、だしぬけに奈津を引きあいにだされて絶句した。

奈津というのは小網町にひらいた剣道場の高弟のひとり、麦沢圭之介の妹で、近いうちに伝八郎と祝言をあげることになっている。

「図星だな、伝八郎」

平蔵、にやりとした。

「きさまのむさい独り暮らしを見ているうちに、お奈津どのもほうっておけんという気になったのさ」

「なにをぬかすか。むさいことにかけては神谷の住まいも甲乙つけがたいものがあるぞ」

「あら、そんなにひどいんですか。神谷さまのお住まい……」

お甲がからかうような目で平蔵を見た。

「おおよ。ひどいなんてもんじゃないぞ。ほら、俗に申す男やもめにウジがわくというやつだ」

「おい、男やもめとはなんだ。おれは一度も妻を娶ったことはないし、これという女もいない。身ぎれいなもんだ」

「よう言うわ。いまは女っ気がないだけで、身辺に女が絶えたことはなかったではないか」

「ま、ずいぶん、おもてになるんですね。神谷さま」

お甲が興味津々という目になった。

「おお、なにせ、こやつの身辺にはどういうわけか女がよってきての。それも飛びきりの上玉ばかりときておる」

伝八郎、調子にのって指折り数えはじめた。

「まずは、おなじ長屋にいた縫どのだろう。それに小間物屋の後家のお品さんともよろしくやっておったし、ごく新しいところでは磐根藩の奥女中だった文乃どのとは夫婦同然の仲だったしな。……ほかにも、おれが怪しいとにらんでおるのは磐根の希和どのに、そうそう、おもんとかいう婀娜っぽい女忍びともタダの仲ではなかったはずだ」

「おい、きさま、言わせておけば……」

まったく口の軽いやつだとにらみつけたが、伝八郎は一向にこたえない。

「お甲も気をつけたがいいぞ。どうせ泣かされるのがオチだからの」

「ふふ、わたしも神谷さまに泣かされてみようかしら……」

お甲が色っぽい目をすくいあげた。

「あれさこれ言ううち声が低くなり……なぁんてね」

「おい、そこでなんで神谷なんだ。お甲ほどの女なら、おれも名乗りをあげるにやぶさかではないぞ」

「あら、矢部さまにはお奈津さまという大事なおひとがいらっしゃるじゃありませんか」

「うっ、そこはそれ、これはこれというものだ」

「そんなのだめですよ。……ねぇ、神谷さま」

どうも妙な風向きになってきたな……と閉口していたら、うまい具合に味楽の主人の茂庭十内が顔をだしてくれた。

三

十内は挨拶もそこそこに懐から袱紗包みを取りだした。

「実は、ちょっとした掘り出し物を見つけましてな。神谷さまがお見えになったら、お目にかけようと思っていたところです」

十内は袱紗に包んであった、一対の目貫を披露してみせた。

「ほう、目貫ですか……」

目貫は刀身を柄に固定する目釘の頭部を覆う金具だが、刀の拵えの装飾品のひとつでもある。

茂庭十内が見せた目貫は、唐獅子の香炉を彫金で打ちだしたもので、金色の地金がまばゆく輝いている逸品だった。

「しかも、これは後藤物ですよ」

「後藤物……」

平蔵、瞠目した。

後藤物とは後藤祐乗にはじまる彫金の名門後藤家の作品のことである。

後藤家は室町時代に足利幕府の庇護をうけていたが、五代目徳乗のときに江戸に下り、将軍家の御用を務めるようになった。

作品は刀の三所物とよばれる小柄、笄、目貫にかぎられ、赤銅の魚子地に高彫りの彫金を作風としている。

小柄は刀の鞘にさしそえる小刀、笄は鞘に添える篦の一種で、髷の毛を梳くのに用いたりする小道具である。

本来は刀の拵えの付属品だった三所物が、泰平の世がつづくにつれ装飾品の色合いを帯びてきて、諸大名や大身の旗本はもとより、刀には縁のない商人たちも好事家の蒐集品として珍重するようになっていた。

その三所物のなかでも、後藤物といえば極めつきの逸品である。

「これは、また大変な品物ですな」

公儀目付をしている兄の忠利も三所物や鍔の蒐集には目のない口だったから、平蔵もすこしは知識があった。

「おなじ後藤物でも、ほれ、このように唐獅子の香炉を高彫りに打ちだしてあるのは五代目徳乗の作風ですよ」

「どこで、こんな逸品を……」

「それがね、神谷さま。おおきな声では言えませんが、橋むこうの回向院の近くで古物の露店をだしている弥造という男から手にいれたのです」

「露店、で……」

「ふふふ、この弥造という男は、なんともうさんくさいやつでしてね。あつかう品物のおおかたは出所のいかがわしい代物が多い」

「ははぁ。というと、贓物（盗品）の類いですか」

「ま、そんなところでしょう。表だって骨董屋や質屋にもちこむわけにはいかない代物ですから、値も安い」

茂庭十内はたのしそうに目を笑わせた。

「なにしろ後藤物の目貫が、たったの三両ですからね」

「三両!?」

伝八郎が目をひんむいた。

「こんなちっぽけな目貫が三両で安いとは……わからんもんだのう」

「なんの。これが下谷御成道あたりの武具屋なら、まず黙って十両は吹っかけましょうな。この後藤物の目貫に、笄と小柄が揃って三所物一組となれば数十両、いや買い手によっては百両でも飛びつきましょう」

「百両……」

平蔵もたまげたが、伝八郎にいたっては口をあんぐりあけたままポカンとしていた。

茂庭十内は袱紗にのせたまま、一対の目貫を平蔵の前に押しやった。

「いずれにせよ、これは最初から神谷さまに差しあげようと思って入手したものです。どうぞ、お持ち帰りください」

「え……」

「物というのは納まるべき所というものがございます。刀の目貫などというものは料理屋の主人が持つべき品ではありませぬ」

「いや、そうは申されても……」

「神谷さま。遠慮も、ときによっては無粋というものでございますよ」

十内はかつて禄高七百石の旗本の嫡子だったが、惚れた女のために家督を弟にゆずり、士分も捨てたという粋人である。

温顔のなかに生まれながらに備わった品格があった。

それに物欲には恬淡とした人柄である。

あたら好意を無にしては、かえって失望させることになる。

平蔵、素直に袱紗に手をのばした。

「ありがたく頂戴いたしましょう」

そこへ、運び女中が鍋をはこんできた。

「さぁ、今日はめずらしく雉が手に入りましたので鍋にしてみました」

「ほう、雉鍋とは豪勢な……」

たちまち伝八郎が目をかがやかせた。

「ここだけの話ですが、この雉は羽を傷めて飛べなくなっていたところを、わたしの知人の鳥見役が捕らえましてね。筵にくるんで舟で届けてくれたものですよ」

「じゃ、御禁制の……」

「ま、そういうことです」

茂庭十内は涼しい顔で、言った。

「なに、ほうっておけば犬か狐に食い殺されてしまうところですから、いっそ人間の腹におさまるほうが雉も本望というものでしょう」

江戸十里四方は幕府の掟により、鴨、雉、鶴、山鳩などの鳥類一切が禁猟となっている。鳥見役は密猟を監視する役目だが、死んだ鳥は鳥見役が処分することになっている。本来は焼き捨てるのだが、それなら人が食ってしまうほうが功徳になるということらしい。

「さ、雉も葱もちょうど食べごろですよ」

すすめられ、待ちかねたように箸を出した伝八郎が唸った。

「ううむ。こりゃうまい！」

香ばしい雉肉の匂いが鼻孔をくすぐる。

「神谷さまも、どうぞ……」

お甲が鍋のなかから、ほどよく煮えた雉と葱を取り皿にうつしてくれた。

箸をつけてみると、雉肉のコクのある味が白葱にしっかりしみている。

まさに頬っぺたがおっこちそうな美味だった。

四

ふだんは飯に味噌汁をぶっかけ、お菜は目刺しか惣菜屋の煮物がせいぜいという簡便な食事ですませることが多い平蔵は、ひさしぶりの馳走に舌と腹を堪能させて味楽を出た。

お奈津の実家に用があるという伝八郎と別れた平蔵は、橋むこうの露店を見物してみたいと茂庭十内に言ったところ、十内は「川むこうの露店なら、お甲がよく知っておりますゆえ」といって、お甲を案内役につけてくれた。

もう五つ（午後八時）をとうにすぎているのに、両国橋は往来する人びとでにぎわっていた。

川むこうには深川七場所とよばれる岡場所をはじめ、昼は六百文、夜は四百文で遊ばせる四六見世（しろくみせ）もあるし、本所には転びの枕芸者や仲居をかかえる料理茶屋がひしめいている。

江戸は男と女の人口比がいびつな街で、男が圧倒的に多い。

おまけに諸式が高いから、適齢期になっても所帯をもてない男がわんさといる。

幕府は吉原という公認の遊郭を設けたものの、吉原は江戸のはずれにあって不便なうえ、値段も高い。

そのため市中のあちこちに私娼をかかえる売春宿を生みだすことになった。

本所深川は単身赴任の国侍や日銭稼ぎの職人、まだ所帯の持てないお店者（たなもの）、女房にないしょでちょんの間遊びがしたい男たちにとって、小遣い銭で安直に遊べる歓楽街として人気をあつめていたのである。

両国橋は江戸市街を東西にわける隅田川に架けられた最初の橋で、長さ九十四間（約百七十メートル）、幅四間（約七メートル）の大橋である。

橋の東西と中央には橋番所が置いてあるから、橋詰めと真ん中あたりは番所の大提灯で明るいが、その合間は星明かりだけである。

欄干に寄り添った男女が、提灯の火を消して、袖の下で手を握りあい、喋々喃々、ささやきあっているのが目につく。

「ははぁ、今は寒からず暑からず、忍び逢いにはもってこいの季節らしいな」

平蔵はかたわらのお甲を見てにやりとした。

「独り者にはちと目の毒だ」

お甲はくすっと笑うと、提灯の火を吹きけし、平蔵の手にひんやりした指をからめてきた。

「おい……」

「ふふ、いいじゃありませんか。ほんの道行きのまねごと……」

冗談めかしてささやくと、指をからめた手元を袂で器用に隠し、大胆に躰をすりよせてきた。

道行きは芝居狂言でいう、恋の駆け落ちのことである。

もう二十歳（はたち）はすぎているはずのお甲が、小娘のままごと遊びのようなことを言うとおかしくなったが、

――ま、いいか……。

これも一興と、好きなようにさせておいた。

薄闇のなかに櫛巻（くしま）き髪の横顔がほのかに白い。薄化粧の香りにまじって女の肌の匂いが甘くただよう。

――こんなところを伝八郎に見られたらことだな……。

と苦笑しながら、

「お甲は川むこうにくわしいそうだが、住んでいたことがあるのか」

尋ねると、

「十四のときまで相生町（あいおいちょう）の裏長屋にいました……」

相生町というと回向院のすぐ裏である。

「でも、宝永の大地震で長屋がそっくりつぶれちまったんです」

一瞬、声をくぐもらせた。

「おっかさんは逃げ遅れて屋根の下敷きになって死にました」

　そう言うと、お甲はふっと目をそらせた。

「わたしは味楽で通い女中をしていたんですけど、おっかさんが心配で、この橋の袂まで駆けてきたら、逃げてくる人に押し倒されて動けなくなっちまったんです」

「父親はどうしたんだ」

「おとっつぁんは、わたしが生まれて間もなく流行り病いにかかって死んじまったって聞きました」

「………」

「だから、わたし……おとっつぁんの顔もおぼえていないんです」

　いつも屈託のない顔でカラッとしているお甲だが、つらい過去をひきずって生きているんだなと思うと、なんだかいじらしかった。

「宝永の地震というと、千代田城の石垣がくずれたときのやつか」

「ええ……」

　千代田城の石垣がくずれ、江戸中を震撼させた大地震がおきたのは、七年前の宝永三年九月である。

「そのころ十四、というと……お甲は、まだ二十一か」

「まだなんて、そんな……もう年増ですよ」

「ばかを言え。女の二十一なんぞ、ネンネに毛が生えたようなもんじゃないか」

これからが女盛り、いいこともうんとあるさと言うつもりだったが、お甲はネンネあつかいが気にいらなかったのか、

「ま、ひどい！」

ぷっと頬をふくらませ、肘を平蔵の脇腹にぶつけてきた。

そのまま平蔵の腕をかいこみ、ぴたりと寄り添ってきた。

橋番所の前を通りすぎるとき、小役人が渋い目でじろりとにらみつけた。

五

橋むこうの広場は西側の火除地（ひよけち）ほど広くはなかったが、両側にびっしりと露店が並んで客が群がっていた。

弥造の古道具屋は藤代町の角にあった。

薄暗い吊（つ）り行灯（あんどん）の灯（あか）りが、戸板の上に雑然と並べられた櫛、笄（こうがい）、紙入れ、煙草（たばこ）入れ、印籠などの小間物類から、錠前や十露盤（そろばん）に竹の虫籠（むしかご）などをぼんやり照らし

だしている。

鞘の塗りが禿げた大小が何組か、下げ緒で巻いてころがしてある。包丁もあれば鉋や鋸もあった。

三所物も一組あったが、目貫も小柄も錆びているし、笄の先も欠けている。掘り出し物どころか二束三文にひとしい安物だった。

店番をしているのは六十路の老人で、商売っ気はカケラもなく、煙管をくわえながら半分居眠りをしている。

「おい。あれが弥造か……」

お甲に小声で尋ねると、

「いいえ。あれはタダの店番のお爺さん」

「だろうな……」

ともあれ弥造がいたとしても、盗品のような危ない品物は顔見知りの上客でなければ出してこないだろう。

今夜の平蔵はよれよれの普段着の着流しに、愛刀のソボロ助広をひと振り落とし差しにしただけの、みすぼらしい浪人ふうの身なりである。

——旦那、これはいかがです……。

と、露台の下から掘り出し物のひとつも出して売りつけたくなるような上客に見えるはずがなかった。

「あら、この簪、ちょっと洒落てるわ」

露店の前にしゃがみこんで、品物をあれこれ物色していたお甲が一本の簪を手にとって平蔵を仰ぎ見た。

「ね、この銀の飾り花、きれいでしょ」

お甲は銀の花びらが星屑のようにキラキラしている簪を髪にさしてみせた。

「わたしに似合うかしら……」

「ん？……うん」

平蔵には簪など猫に小判のたぐいで、さっぱりわからないが、お甲が気にいっているのならいいだろうと思った。

「おい、爺さん。これはいくらなんだね」

「へ、へい……」

寝ぼけ眼をこすって居眠りからさめた爺さんは、平蔵の懐具合を値踏みするように上目遣いで一瞥した。

「そいつは細工もなかなかの上物で二分と言いてぇところですが、姐さんみてぇな別嬪（べっぴん）さんの髪にさしてもらえるんなら一分二朱でよござんす。へへへ」

　半ボケかと思ったら、爺さん、どうしてなかなかのちゃっかり者らしい。

「よし、一分二朱だな」

　紙入れから一分の豆板銀と二朱銀をつまみだし、爺さんに渡した。

「神谷さま……」

　お甲がおどろいたように目を瞠（みは）った。

「ほんとに、いいんですか」

「ああ、お甲はいつもまめまめしくおれたちの世話を焼いてくれるからな。ほんの気持ちだよ」

「ま、うれしい」

　顔が十五、六の小娘のように上気している。

　一分二朱の簪が高いか安いかはわからないが、つらい過去を思いださせてしまった詫び料だと思えば安いものだ。

「これ、横山町の小間物問屋で買っても二分じゃ買えませんよ」

「じゃ、やっぱり盗品かな」

「でなきゃ質流れか、欠所物（けっしょもの）の口……」

お甲はくすっと笑って、

「でも、買ってしまえばこっちのもの」

そう言うと大事そうに懐にしまいこんだ。

団子が食べたいというお甲につきあって、藤代町の角にある葦簀(よしず)張りの団子屋の縁台に腰をかけて笹の葉にくるんだ草団子を頬ばっていると、両国橋を渡ってきた紋付き羽織に着流しという、八丁堀の役人らしい武士が二人、提灯を手にした中間(ちゅうげん)一人をしたがえ、目の前を通りすぎていった。

一人は細面(ほそおもて)の長身だったが、もう一人は平蔵も見覚えのある、猪首(いくび)のがっしりした体軀の武士だった。

「お？……あれは」

平蔵、口にはこびかけた草団子の手を止めた。

「お知り合いですか」

その目線を追いながら、お甲が尋ねた。

「うむ。あのずんぐりむっくりした男は佐久間久助(さくまきゅうすけ)といってな、おれの兄弟子にあたるひとだ」

「まぁ、ずんぐりむっくりだなんて、お口の悪い」

お甲が笑いながらにらんだ。

佐久間久助は佐治一竿斎道場の同門で、平蔵より五つ年上の先輩だった。入門して二年ほど稽古をつけてもらったことがある。いっさい手加減なしの厳しい稽古だったが、平蔵はぶちのめされてもへこたれずに向かっていった。

久助は人づきあいが下手で、門弟からは敬遠されていたが、気性のまっすぐな男で、剣の腕もなかなかのものだった。

久助は間もなくお役について道場にこなくなったが、入門当初、久助の荒稽古に鍛えられたおかげで、いまの自分があると平蔵は思っている。

「あら、弥造さんがあんなところに……」

お甲が手をのばして平蔵の膝をたたいた。

「うむ？」

「ほら、あの川岸の柳の下ですよ」

お甲は広場の反対側の尾上町の曲がり角のほうを目でしゃくった。

唐桟縞の着流しの裾をちょいと指でつまみあげた男が、かたわらに佇んでいる長身の侍に躰をよせて何かささやいている。

「ふうむ。あれが弥造、か……」

いかがわしい贓物を売買するからには、ただの露店商ではあるまいと思っていたが、露店の薄灯りに浮かびあがった弥造の狡猾そうな面がまえは、まさしく御法の裏側に生きる破落戸そのものだった。

長身の侍は無紋の黒っぽい着流しに両刀を落とし差しにし、白足袋に雪駄ばきという小粋な風体だが、この糞暖かい陽気にもかかわらず山岡頭巾をかぶっているのが、なんともうさんくさい。

二人は広場の賑わいには目もくれず、藤代町と藤堂和泉守下屋敷のあいだの小路に視線をこらしている。

あやつら、何かたくらんでいるな……。

平蔵が不審をおぼえたとき、頭巾の侍が弥造と別れて歩きだした。

弥造は懐手のまま、身じろぎもせず鋭い目付きで頭巾の侍を見送っている。

山岡頭巾は団子を食っている平蔵たちの前を通りすぎると、藤代町の横の薄暗い小路に入っていった。

すこし前、佐久間久助たちが入っていった小路である。

ふいに平蔵の脳裏を、不吉な予感がよぎった。

佐久間久助の家は代々北町奉行所の吟味方同心をしている。

贓物を商う弥造のような脛(すね)に傷もつ輩(やから)にとっては煙たい存在だろう。

――まさか……。

とは思うが、御法の裏に生きる連中は何をしでかすか知れたものではない。

しかも平蔵が見たところ、頭巾の侍はなかなかの遣い手のようだった。

「お甲。この小路の先はどこに出るんだ」

「どこって、大川端(おおかわばた)ですよ」

両国橋の東側の大川端は武家屋敷がずらりと並んでいる。

おそらく、この時刻、人通りはほとんどないだろう。

そう思うと、妙に胸騒ぎがしてきた。

「お甲。おれがもどるまでここにいろ。いいな」

食いかけの団子の串を皿にもどすと、さり気なく縁台を離れた。

お甲が不安そうな目をした。

「神谷さま……」

「なに、小便だよ。小便……」

第三章　般若の百蔵

一

頭巾の侍はゆったりした足取りで藤代町をぬけ、藤堂和泉守下屋敷の土塀を右に見て大川端に出ていった。

大川をくだってゆく屋形舟のほのかな灯り(あかり)が侍の後ろ姿を照らしだした。

その前方の闇に佐久間久助の中間(ちゅうげん)が手にした、ぶら提灯の灯がゆれている。

あまり近づきすぎるのも具合が悪い。

平蔵は二、三十間(けん)離れて、侍の背中を見失わないようについていった。

久助たちが大川沿いに藤堂和泉守の屋敷を右折しかけたときである。

頭巾の侍は懐から白い面のようなものを取りだすと、頭巾の上からかぶり、惣(そう)髪(はっ)の後ろで紐を結ぶと、さも親しげな声をかけた。

「佐久間久助どのではござらぬか」

佐久間久助が足を止め、不審げにふりかえった。

「お見忘れかな。それがしでござるよ」

気さくに声をかけながら歩みよっていく侍を見て、平蔵は拍子ぬけした。

——なんだ、知人だったのか……。

よけいな心配だったかと苦笑しかけたとき、ぶら提灯を頭巾の侍のほうにかざした中間が恐怖に顔をゆがめた。

「あ、わわわっ！　ば、ばけものだっ……」

提灯を投げだすと、腰を抜かしてへたりこんだ。

瞬間、侍の腰間から走った白刃がキラッキラッと闇を斬り裂くのが見えた。

しまった！

平蔵は刀の鯉口を切り、雪駄をぬぎすてると、足袋跣足で駆けだした。

頭巾の曲者の刃が久助のつれの武士の脇胴を斬りあげ、返す刃で久助を肩から袈裟がけに斬りおろした。

血しぶきが夜空にシャーッと、どす黒く噴出した。

「う、ううっ!?」

久助は刀を抜きあわせる間もなく、呻き声をあげ、路上に突っ伏した。

中間は路上を四つんばいになって逃げようとしている。

投げだされた提灯に火がついてパッと燃えあがった。

その灯りが頭巾の曲者の顔を照らし出した。

平蔵のほうに向かって、キッとふりむいた曲者の顔には、おどろいたことに女面がかけられていた。

白く艶やかな顔が闇のなかに優美なほほえみをうかべているさまは、なんとも妖しく、おどろおどろしい。

中間が化け物だと錯覚したのも無理はなかった。

「きさまっ！　何者だっ」

平蔵はソボロ助広を抜きはなって曲者に突進すると、踏みこみざまに下段から鋭く刃を摺りあげた。

鋒が曲者の顔にかけられた女面を真ふたつに斬り割った。

割れた女面が宙に飛んだ。

「うっ……」

うしろざまに飛びすさった侍が上段から袈裟がけに斬りおろしてきた。

刃唸りが耳をかすめた。間一髪、身を沈めてかわした平蔵は斬りあげた刀を返すと胴をなぎはらった。鋒が曲者の胸元を斜にないだ。

存分に踏みこんだ一撃だったが、曲者はおどろくべき身のこなしを見せ、間一髪、弓なりに身をそらせて刃をかわした。

山岡頭巾の下の素顔がむきだしになっていた。

双眸は憤怒にゆがんでいたが、おどろくほど端整な容貌だった。

「きさまっ。邪魔だてすると後悔するぞっ」

曲者は青眼にかまえ、怒号した。

「おのれは団子屋にいた男だな。きさまも八丁堀のイヌかっ⁉」

叫ぶなり、曲者は剣をぐいと八双に構え、ぴたりと腰をすえた。

平蔵もすばやく態勢をたてなおし、剣を青眼にもどした。

曲者は八双の構えから、しなやかに爪先を送り、間合いをつめてきた。

八双の構えは上体がぶれやすいが、曲者の剣先にはわずかの揺れも見られない。

平蔵は間合いを計りながら、呼吸をととのえた。

斬られた久助の呻き声が地をはって聞こえる。

久助のためにも、手間どるわけにはいかなかった。

――一気にケリをつけてやる。

その気配を察知したのか、山岡頭巾の曲者の足がぴたりと止まったかと思うと、ずいと爪先をのばし、間合いに踏みこんできた。

八双から刃風を巻いてふりおろしてきた曲者の剣を、平蔵のソボロ助広が巻きこむように弾きかえした。

刀と刀が咬（か）みあって火花が散った。鉄の焦げる臭いがツンと鼻をついた。

――こやつ……。

尋常の遣い手ではない。

平蔵は気をひきしめて、ふたたび青眼に剣をもどした。

そのとき背後でヒューッと鋭い笛の音がひびき、

「人殺しっ！」

カン高い女の声がはじけ、たてつづけに笛の音がひびいた。

「ちっ……」

舌打ちした曲者は青眼に構えたままツツツーッと後退すると、パッと身をひるがえし、大川に向かってふわりと飛んだ。

「待てっ……」

追いすがって大川をのぞきこんだ平蔵の眼下に、岸を離れた高瀬舟が曲者を乗せて矢のように離れていくのが見えた。

「くそっ」

舌打ちした平蔵は路上に突っ伏している佐久間久助のもとに駆けよった。

「佐久間さん！」

抱え起こすと佐久間久助はカッと双眸を見開いた。

なにか口のなかで呻いたが、聞きとれぬまま久助は、ガクッと首を落とした。

「いかん。気をたしかにもたれよっ」

抱きしめ、声を励ましたが、久助の顔には早くも死相がうかんでいた。

手早く久助の傷口をあらためたが、肩口から入った刃が肺ノ臓までスパッと断ち割っている。斬られた肋（あばら）の骨が肉のあいだに白く粒状に見え、すでに鼻孔の息も、首筋の血脈も止まっていた。

なまぬるい鮮血がとめどなく噴き出し、かかえた平蔵の腕や太腿を濡らし、片膝ついた地べたには、どっぷりと血溜まりができていた。

「か、神谷さまっ」

お甲が狂ったように駆けより、平蔵の背中にしがみついてきた。

はいていた駒下駄はどこへやったのか、素足のままだった。

「いまの笛は、おまえか」

「え、ええ……」

お甲が手にしていた笹の葉を見せた。どうやら笹の葉で草笛を吹いたらしい。

「そうか、よくやった」

血溜まりに白い半月状の木片が浮いていた。腕をのばし、拾いあげた平蔵は、

「うむ。これは……」

血にまみれていたが、まぎれもなく曲者がかぶっていた女面の片割れだった。

すこし離れたところに半分の片割れが転がっていた。

お甲がひろって持ってきた。

頬から左目にかけて斜めにスパッとふたつに斬り割った女面を合わせてみた。

白い胡粉で塗られた頬のふくらみには初々しい艶があり、かすかな笑みをたたえた紅色の唇、薄墨を刷いた上臈眉も優雅で、およそ血なまぐさい惨劇とは別世界の物のようだった。

佐久間久助のつれの武士は右脇の下から斬りあげられ、絶命していた。

刀を抜きあわせる間もあたえず、一刀のもとに二人を斬って捨てた腕は凄まじ

い。おそらく居合いの練達者にちがいないと平蔵は確信した。

ほどなく常盤町(ときわちょう)の長七(ちょうしち)という御用聞きが手下(てか)をつれてやってきた。

五十年配のでっぷり腹のつきだした男で、口のききかたも横柄なら、人相も弥造と甲乙つけがたい。

「こいつぁひでぇや」

一目、現場を見るなり顔をしかめた長七は、じろりと無遠慮な目つきで平蔵を見すえた。

「おい。人斬り包丁をもってやがるところをみると、殺(や)ったなぁ、おめえか」

「なにぃ」

平蔵、むかっとして長七の鼻先に顔をぬっと突きつけた。

「見当ちがいもたいがいにしろ」

お甲もかたわらから口をとがらせた。

「そうよ。下手人はとっくに舟で逃げちまいましたよ」

「なんだ、おめぇは味楽(みらく)のお甲じゃねぇか。橋むこうからのこのこ男漁りにでもきたのか。ええ、おい」

「きさま、気をつけてものを言え」

平蔵、一喝した。

「お甲はおれのつれだ。妙なことをぬかすと、ただはおかんぞ」

「なにぃ、でけぇ口たたきやがって……てめぇ、このあたりじゃ見かけねぇ面だが、どこの何者でぇ」

そこへ人垣を割って定町廻り同心の斧田晋吾が、本所の常吉と配下の留松をしたがえてあらわれた。

「長七。そのへんでやめておかねぇと、てめぇの素っ首が飛ぶぞ」

「こ、こりゃ斧田さま……」

途端に長七、渋い顔になった。

「おまえは知るまいがな。この御仁は神谷平蔵どのと申されて、御目付の神谷さまの弟御にあたるおひとだ」

「お、御目付の……」

「おまけに神谷どのは、こっちのほうもめっぽう腕が立つ」

斧田はポンと刀の柄をたたいて、にらみつけた。

「去年、切支丹坂で新井白石さまのお駕籠を襲った曲者を十数人、たたっ斬ったのも、この神谷どのだ。よく覚えておけ」

「へ、へい……」

長七は渋い表情になって引きさがったが、じろりと平蔵を見やった目には露骨な敵意がむきだしになっていた。

二

佐久間久助とともに斬殺された侍は、篠原文吾といって久助の下役だった。

高瀬舟で逃げた曲者の手配を常吉に命じた斧田は、お甲に留松をつけて味楽に帰したあと、松井町にある料理茶屋「すみだ川」に平蔵をさそった。

ここは常吉が、女房のおえいにやらせている店で、二階の座敷でちょっとした料理や酒も出す。

おえいは三十二、三の中年増だが、常吉と所帯をもつ前は水茶屋にいたというだけに物腰もきびきびした小粋な女だった。血で汚れた平蔵のからだを浄め、着替えをさせると、もう閉店近いというのに手早く燗酒に添え、白魚の寄せ揚げと湯卵を出してくれた。

湯卵は生卵に酒で溶いた葛粉を入れて油で煎餅のように揚げたもので、振り塩で食べるとカリッとして酒の肴には乙なものである。

「うむ、これはいける」

二人とも小腹が空いていたところだから、相好をくずしてパクついた。

「ところで、なぜ、弥造をほうっておくんだね」

平蔵は白魚の寄せ揚げに箸をのばして尋ねた。

「おれとお甲は弥造が下手人と何かこそこそ話していたのを見たんだ。弥造は下手人とかかわりがあるにちがいないと思うがな」

「ふふふ、甘いねぇ。神谷さんも……」

斧田は煙草入れをだし、煙管に刻みをつめると行灯を引きよせて火をつけ、プカリと煙をふかした。

「弥造はいってみりゃ、使いっ走りの雑魚だよ。いま、弥造をしょっぴいたら下手人は雲がくれするか、高飛びしちまうにちげぇねぇ。だから常吉の手下をヒモにつけて、しばらく泳がしてみようと思ってね」

「なるほど……」

「それにしても、なぜ佐久間久助が狙われたのか、そこがわからねぇ」

燗酒をぐいと飲みほして、斧田が首をひねった。

「吟味方といっても久助は雑物掛(ざつものがかり)の同心でね。評定所で下手人の取り調べをするわけじゃなし、人から恨みを買うようなお役目じゃねぇ」

雑物掛とは盗賊や巾着切り(きんちゃくきり)などを捕縛したとき押収した品物や、持ち主が判明しなかった贓物(ぞうぶつ)、または御法にふれる罪を犯して欠所(けっしょ)(所払い)になった商家の家財や地所を管理する役目である。

これらは欠所物といい、半年後に南北町奉行所内で入れ札によって売却されることになっている。

佐久間久助は雑物掛の筆頭同心で、篠原文吾は久助の下役同心だったという。

たしかに斧田の言うとおり、二人とも八丁堀同心とはいっても、下手人を取り調べたり、責め問い(拷問)にかけたりする役目ではない。

それに身分は低いとはいえ、佐久間久助も篠原文吾も北町奉行所の同心である。

奉行所の同心が殺されたとなれば、南北両町奉行所が躍起になって下手人の探索にかかることはわかりきっている。

しかも、人違いでないことは、曲者が襲う前に「佐久間久助どの」と呼びかけたのを平蔵が耳にしている。また、曲者は現場に飛びこんでいった平蔵を、八丁堀の人間と勘違いしていたふしもある。

「下手人は雇われ浪人だろうが、八丁堀を敵にまわすような度胸のあるやつは一人しきゃいねぇ」

斧田の双眸がギラリと炯った。

「十中八九、黒幕は越前屋の百蔵だろうよ」

「越前屋……」

「ああ、なんでも背中に般若の倶梨伽羅紋々をしょってやがるってんで、般若の百蔵とも言われてる悪党さ」

「般若の百蔵、か……化け物みたいだな」

「ふっ、見世物小屋の化け物なら、まだ愛嬌があるが、こいつばかりは煮ても焼いても食えねぇ大化け物だ」

斧田は口をひんまげて吐き捨てた。

三

階段をトントンとあがってくる足音がして常吉が顔をだした。

「旦那。遅くなりやした」

「おう、ご苦労だったな。うまく手配はついたか」

斧田が待ちかねたように見迎えた。

「へい、手のあいてる下っ引きを川筋べりに走らせて高瀬舟の行方をさぐらせておりやすが、うまく足取りがつかめるかどうか……」

「なに、いいってことよ。お江戸にゃ碁盤の目みてぇにやたらと川が流れてるんだ。舟足の速い高瀬舟を使われちゃ十中八九、お手あげだろうさ。それより弥造のほうはどうしたい」

「やつは菊川町の女のところにもぐりこんだきりでさ。いつ、しょっぴかれるかとビクビクしながら、ドン亀みてぇに首をすくめて女のケツにしがみついてやがるんでしょうよ」

「弥造は下手人と越前屋のあいだの連絡役（つなぎやく）の雑魚だ。弥造を追っかけてりゃ、かならず越前屋か、下手人のところに行くにちげぇねぇ。下手人をあぶりだしゃ、百蔵にたどりつく」

斧田は愛用の鉈豆煙管（なたまめぎせる）に刻みをつめると、行灯の火で吸いつけ、プカリと紫煙をくゆらせた。

「弥造はいってみりゃ山芋の蔓（つる）みてぇなもんさ。蔓はかならず般若の百蔵という太い根っこにつながってる。くれぐれも弥造の見張りをぬかるなよ」

「まかしておくんなさい。百蔵をお縄にできなきゃ、あっしは旦那に十手をお返しするっきゃねぇと思ってますんで……」

常吉は膝の上においた拳をぎゅっと握りしめた。

おえいが熱燗とウドの酢味噌和(あ)えをはこんできたのを見て、斧田が盃を常吉にさしだした。

「おう、熱いのがきたところで一杯いこう」

「こりゃどうも……」

「夜分に下っ引きを駆り出して、いろいろ物入りだろう」

斧田は懐中から紙入れをつかみだし、そのまま常吉のほうに投げだした。

「あとで、みんなに一杯飲ましてやってくれ」

「いつも恐れいりやす」

ひょいと紙入れを手にした常吉、ずしりとした重みにおどろいた目で斧田を見た。

「旦那。こんなにいただいちゃ……」

「なに、たいして入っちゃいねぇよ。二朱銀がほとんどさ。それより、百蔵がどんなやつか、神谷さんに話してさしあげろ。百蔵のことなら、おめぇのほうがずんとくわしいからな」

「わかりやした……」

常吉は飲みほした盃を斧田に返すと、平蔵を直視した。

「百蔵ってのは見た目は商家の楽隠居みてぇな爺さんですがね。御法の裏をかいくぐっちゃ人の生き血を吸って肥え太ってきやがった極悪人でさ」

常吉は口をひんまげて吐き捨てた。

「生国はどこか、たしかなことはわかっちゃいませんが、噂じゃ母親は越後の生まれで、身売りされて千住に流れついて、旅籠で飯盛女をしていたときに身ごもって産み落としたのが百蔵だったと聞いておりやす……」

ふつう飯盛女が身ごもると子堕ろしさせられるが、旅籠の主人は阿漕な男で、産み月ぎりぎりまで客の相手をさせたという。

「旅籠の亭主は生まれた子が女なら、二七（十四）ごろまで走り使いの下女にこき使ったあげく女衒に売り飛ばす、男の子なら川にでも流すつもりだったんでしょう」

ところが出産を手伝った飯盛あがりの産婆が哀れんで、千住から五里ほど奥の大百姓の門前に捨て子したらしい。

「その大百姓の女房が生後二ヶ月の赤子を病いで亡くしたばかりだったそうで、三十路(みそじ)をすぎてようやく授かっただけに、もう子は生まれまいと嘆いていたところだったそうです」

「ははぁ、その産婆、そのことを知っていたんだな」

「おそらくそうでしょうね……」

夫婦は天からの授かりものと乳を飲ませ、育てているうちに情がうつったのだろう。赤子を百蔵と名付け、育てていたが、皮肉にも六年後に女房が身ごもって男子を産んだ。

「実子にめぐまれると百蔵がうとましくなったんでしょうね。担ぎの薬売りにそれなりの金をつけて貰い子に出しちまった……」

それから先、百蔵がどこで、どう育ったかはわからないが、二十数年前、千住にもどってくると、売りに出ていた旅籠を買い取ったという。

千住の旅籠はかかえている飯盛女のよしあしで売り上げがきまる。

百蔵はよほどいい手蔓をつかんでいたらしく、加賀、越前、越中、越後の雪国から肌白の女を引っぱってきては飯盛女にした。

そのおかげで一年とたたぬうちに千住一番の旅籠にのしあがったが、数年後、その旅籠を惜しげもなく売り払い、深川の州崎弁天の門前通りに越前屋の屋号で口入れ屋をひらいた。

本所深川に多い大名の下屋敷は博打場のようなものだし、隠れ売女が盛んな街だから、売女の稼ぎを吸いとるダニのような破落戸があつまってくる。

いっぽうでは取りつぶされた諸藩からあふれだした侍が浪人となって江戸にやってくる。浪人の多くは諸式が安く、暮らしやすい本所深川に居着く。

いわば本所深川界隈は人間の吹き溜まりのような街だった。

仕事にあぶれた男女がごろごろしているから、口入れ屋をひらくにはもってこいの街だったのである。

口入れ屋は日雇い人足や、渡り中間、浪人の内職の口などを仲介して周旋料を取る地味な稼業だが、百蔵はもっぱら女を相手にする口入れ屋にした。

本所深川一帯には女をほしがっている店が多く、稼ぎ口をもとめている女も多かった。

亭主と死別した女や、亭主の稼ぎがすくなく内職をしたがっている女、なかには妾奉公をもとめている上玉もいる。そういう女をうまく口説いて月ぎめの妾奉公をすすめ、仲介料を稼ぐかたわら、百蔵は金貸しをはじめたのである。

本所や深川には女房や年頃の娘をかかえ仕事にあぶれている浪人者がごろごろしているが、そういう浪人者に金を貸すものはめったにいない。

百蔵は食いつめた浪人の女房や娘を担保にして金を貸しつけ、焦げつくと容赦なく女房、娘に月ぎめの妾奉公をさせた。

裕福な商人や大身旗本は蓮っぱな女を嫌い、行儀もよく、躾のできた武家の女房や娘を好む。ちゃんとした囲い者にするとあとで面倒がおきるから、月ぎめの妾のほうが後腐れがなくていいし、取換えがきくと客から歓迎された。

どんなに器量よしでも、おなじ女では飽きるという男の心理を、百蔵は知り抜いていたのである。

しかも、一人の女を使いまわすことで仲介料を何度も稼ぐことができる。

手持ちの女をつぎつぎに違う男にあてがい、しこたま稼いだ百蔵は、口入れ屋と金貸しを片腕の室井棋八郎という浪人あがりにまかせて、新しい仲介屋をはじめた。

商いのもめごとの仲介や、借金がかさんで首がまわらなくなった大身旗本と札差しのあいだに立ってカタをつけ、双方から上前をはねるという阿漕な商売だ。

一方では富裕な商家の娘を大身旗本の養女にして大奥の女中に送りこんだり、逆に商家の次男や三男を旗本の養子に送りこむ仲立ちをしては多額の礼金を受け取るという手口で身代をふとらせていった。

旗本がこれという公儀役職につくには要路に賄賂（わいろ）を使わなければならないが、大身の旗本でも内所は火の車というところが多い。また商人は公儀御用で甘い汁を吸うための金は惜しまない。百蔵はそこに目をつけ、商人と旗本のあいだに立って養子や養女の仲介をしては多額の礼金をせしめたのである。

そのかたわら深川から本所にかけて出合い茶屋や舟宿を手にいれては妾を女主人にすえ、仲居という名目の売女（ばいた）を置いて稼がせた。

土地の顔役や、破落戸（ごろつき）といざこざがおきると、百蔵は刺客をさしむけては人知れず闇から闇に葬ってきた。

四

「それじゃ、まるで、本所深川は百鬼夜行。百蔵のやりたい放題じゃないか」

平蔵は眉をしかめた。

「隠れ売女や金貸しはともかく、刺客まで雇って殺しをさせているとわかっていながら、どうにかできなかったのか」

「いえね、殺らせてるのは百蔵にちげぇねぇと見当はついてるものの、殺しの現場を見ていた証人もいねぇし、聞き込みに駆けずりまわってもさわらぬ神に祟りなしでだんまりをきめこむやつばかりで、しょっぴこうにも証しがねぇんでさ」

常吉は歯がゆそうに舌打ちした。

「百蔵の片腕とかいう室井棋八郎という男はどうなんだ。浪人あがりというからには剣の腕も立つんだろう」

「へえ、室井って浪人は、なんでも田宮流の免許取りだそうですが……」

「田宮流は居合いをよくする。今夜の曲者の太刀筋も居合い術だと見た。そいつが刺客じゃないのか」

「あっしも初手はそう疑いましたがね。これまでも殺しがあった刻限の室井棋八郎の居場所ははっきりしてやがるし、証人もいた。どうも殺しは室井棋八郎じゃありませんね」

「しかし、今夜はわからんだろう」

「へい。そりゃ、まぁ……」

常吉は口を濁したが、斧田はきっぱりと言い切った。

「いや、あの凄まじい斬り口はこれまでとおなじ下手人のものだ。それに神谷さんが見た下手人は目鼻立ちのととのった、女にもてそうな男だったそうだが、室井棋八郎は頬骨のとがった将棋の駒みてぇな面（つら）でね、とても女にゃもてそうもない。……下手人は室井棋八郎じゃねぇ。百蔵はどこかに恐ろしく腕の立つ刺客を飼ってやがるのさ」

斧田はぎりっと奥歯を噛みしめた。

ふたりの話を聞いて、百蔵という男が一筋縄ではいかぬことが平蔵にもわかってきた。

「どうやら、百蔵という男、よほどしたたかなやつらしいな」

平蔵、ぼそりとつぶやいた。

「そりゃもう、なんたって般若なんてごたいそうな二つ名がつくくれぇの野郎でござんすからねぇ。なにしろ、あちこちに百蔵とつるんでるのがいましてね。噂じゃ本所深川界隈でおきたことは針の先ほどのちっぽけなことでも、その日のうちに百蔵の耳に入っちまうんだそうですよ」

「ははぁ、いたるところに手先がいるってことか」

「へえ。……ま、早い話が、さっきの常盤町の長七なんぞも、その口でさ」

「ほう。あの御用聞きも百蔵の息がかかっているのか」

平蔵は現場に駆けつけてきた、下腹のでっぷりつきでた横柄な御用聞きの顔を思いだした。

「それどころか、あの長七に手札を出していなさる南の青木さまも……」

「常吉……」

斧田が渋い目になった。

「へ、こいつぁどうも……」

常吉が急いで首をすくめたところをみると、南町奉行所の青木とかいう同心も百蔵から袖の下をもらっているということらしい。

「ふふふ、ま、いい。いまさら隠しだてしたってはじまらねぇやな」

斧田はウドの酢味噌和えを口にほうりこみながら苦笑いした。

「常吉が言ったのは青木仙次郎という南の定町廻りなんだがね。いつの間にやら百蔵にとりこまれて袖の下をたんまりつかまされているらしい。なに、南だけじゃねぇ。北にだって百蔵とつるんでる同心や御用聞きは一人や二人じゃない」

だいぶ酒がまわってきたらしい。斧田の首がぐらぐらゆれていた。

「けどねぇ、神谷さん。八丁堀同心なんぞ、どうあがいたって三十俵二人扶持の切り米取り。きれいごとをほざいてりゃ、おまんまの食いあげになっちまう」

いつもの斧田に似ず、暗い目を見せた。

「おきまりの巻き羽織に着流しで、ちゃらちゃら格好つけちゃいるがね。八丁堀の三廻り同心なんてのは大名家の役中頼みや町方からの付け届けがなきゃ、常吉のように手足になって働いてくれる御用聞きに一杯飲ましたり、飯を食わしたりするどころか、足代も出してやれねぇのさ」

八丁堀の同心のなかでも定町廻り、隠密廻り、臨時廻りは三廻りと呼ばれ、羽振りがいいことで知られているが、二十俵二人扶持の御家人よりも身分は下だった。

しかも下手人や盗人の探索や捕縛にたずさわる肝心の三廻り同心は南北両奉行所をあわせても十六人しかいない。

とても間にあわないから常吉のような御用聞きを使うことを黙認されているが、公儀からは御用聞きの手当ては出ない。

おまけに探索にかかる費用も、与力や同心が自腹を切ってひねりだしているのが現状である。

これでは江戸の治安はおぼつかないところだが、それを補ってくれるのが大名や大身旗本の「役中頼み」だった。

大名や旗本は江戸市中でのいざこざに巻きこまれたときのために、三廻りの同心のだれかと親しくしておいて、日頃から手当てを出しておく。それが「役中頼み」という袖の下である。

おなじく町方の富裕な商人も、厄介ごとがおきたときのために、顔見知りの三廻り同心に付け届けをするのが常識になっていた。

どちらも、いわば公儀黙認の賄賂だから、もらうほうにも罪の意識はない。きれいごとを言っていてはおまんまの食いあげになると斧田がもらしたのはそのことである。

「だからというわけじゃねぇが、ぶっちゃけた話、おれは公儀から十手をあずかっちゃいるが、旦那のために働いてるなどと思ったことは一度もないぜ」

斧田はこともなげに言い放った。

旦那とは将軍家のことである。表向きは上様だの、公方様だのと敬称で呼ぶが、幕臣のうちうちでは、くだけて旦那と呼ぶ。

平蔵の兄の忠利も、くつろいだときなどはよく将軍家を旦那と呼ぶが、言外には敬愛の情がこめられている。だが斧田の言葉にはそんな親愛の情は感じられなかった。むしろ、皮肉な響きが感じられた。

——なるほどな……。

斧田の気持ちが、平蔵にはなんとなくわかる気がした。

兄とちがって平蔵は一度も将軍に会ったこともなければ、敬愛の情をいだいたこともない。

直参(じきさん)とはいっても、御目見得(おめみえ)以下の幕臣にとっては将軍は遠い親戚よりも、まだ遠い存在なのだろう。

しかも与力や同心は不浄役人とよばれていて、御家人からも同席するのを嫌われる存在だった。

これでは将軍家はおろか、公儀のために働いているという意識など生まれるわけがなかった。

「斧田さんが命懸けで下手人の探索や捕縛に向かうのはなんのためだね。まさか天下の御為(おんため)なんて黴(かび)くさいことじゃあるまい」

「そうさな。ま、ひらったく言や、てめぇのためさ」

「うむ……」

「だってそうじゃねぇかい、神谷さん。人はだれだって煎じつめりゃ、てめぇと、てめぇの身のまわりにいる者のために生きてるようなもんだぜ。ちがうかい」

斧田はこともなげに言った。

「組長屋には両親や、てめぇの血肉をわけた息子や娘がいる。てめぇがヨイヨイになっても面倒みてくれる女房がいる。こいつらには何がなんでも餌をはこんでこなくっちゃならねぇんだ」

そう言うと斧田は照れたようにツルリと顔をなぜた。

「ふふふ、それによ。たまにゃガキにうまいものも食わせてやりてぇし、たまにゃ女房にも新しい着物を買ってやりてぇじゃねぇか。……だからって、おれにゃほかになにができるわけじゃない」

斧田は帯にはさんだ朱房の十手を引っこ抜いた。

「命懸けで下手人をお縄にしたところで、ほうびはせいぜいが銀一枚。同心は生涯、同心。出世もなきゃ、ご加増なんてものはありゃしねぇ。それでも、しゃかりきになってやるっきゃねぇのよ」

「そうだな。考えてみりゃ、おれだって似たようなもんだ」

平蔵、ぼそりとつぶやいた。

たまたま磐根藩の内紛に巻きこまれ、剣をふるったことは何度かある。

むろん磐根藩のためでもなければ、ましてや藩主のためでもなかった。

最初は刺客に闇討ちされた養父の仇討ちだったし、二度目は縁あって情をかわした縫のためだった。

そして三度目は恩師の佐治一竿斎の頼みもあり、身にふりかかる火の粉から逃げるわけにいかなかったからだ。

四度目は剣友の井手甚内の危機を救うためだったし、去年は平蔵を敵と狙う凶賊の刃が、妻に娶ろうとしていた文乃にまで迫ったからである。

だれのためでもない。すべて、おのれのためにふるった剣だった。

大名が徳川家に唯々諾々と服しているのも、藩の安泰のためだし、徳川譜代の旗本である兄の忠利にしても、神谷家の安泰を守るために窮屈な麻裃に身をつつんでお城勤めをしているというのが本音だろう。

千八百石もの高禄をもらっている忠利がそうなら、三十俵二人扶持の食うのもやっとという斧田が、将軍家のために命懸けの勤めをしているわけじゃないというのはしごく当然のことだろう。

酔ったはずみにしろ、いや酔っているからこそ、人は素顔を見せる。斧田晋吾はめったに見せない素顔を平蔵にさらして見せたのだ。

「だから、おれは食うためにしかたなく躰を売る女や、出来心のこそ泥なんぞ、お縄にしたくもねぇ」

斧田は片目をつぶって見せた。

「伝馬町の牢屋も当節はこみあっててね。隠れ売女や、ケチなこそ泥なんぞ送りこまれちゃ迷惑ってもんよ」

一ツ目橋から二ツ目橋のほうに入ってきた舟の櫓のきしむ音が、夜風にのってギィギィとのどかに響いてきた。

「御法なんてものは公儀の都合のいいようにできてるもんでね。公儀の都合で猫の目のようにコロコロ変わるもんさ」

斧田は苦い目になった。

「だがね、神谷さん。どんなに御法が変わろうが、十手持ちにとって金輪際変わらねぇ掟がひとつだけある。てめぇの薄汚ねぇ欲だけで人の命を平気で奪うようなやつは許せねぇってことさ」

斧田の目が一変して鋭く炯った。

「それが、越前屋の百蔵だな」

「そういうことだ。やつは人の生き血を吸ってぬくぬくと肥え太ってきやがった人間の屑だ。いつかはやつの尻尾をつかんでやろうと思っていたが、どうやら百蔵も年貢の納めどきがきたらしい。とうとう尻尾をだしやがったぜ」

「今夜の一件か……」

「ああ、久助はまちがっても百蔵なんかとかかわるような男じゃなかった」

斧田はぎゅっと唇を噛みしめた。

「久助って男はめっぽう人付き合いの下手なやつでね。おまけに石の地蔵さんみてぇな朴念仁でよ。ご新造さんのほかに女は知らなかったにちげぇねえ。百蔵みてぇな人間の屑とかかわりあうはずはねぇんだ。おそらく久助は役儀のうえで、知らねぇうちに百蔵の商売に都合の悪いことをしたんだろうよ。そこんところを洗えば百蔵が久助や文吾を消そうとしたわけがわかるんじゃねぇかな」

「しかし、雑物掛がそんなごたいそうなお役目とは思えないがね」

「いや、雑物のなかには大名や豪商の屋敷からの盗品もある。なかには目ン玉が飛びだすような高価なものもあるからな。引っかかりがあるとすりゃ、そのあたりだろうよ」

平蔵は懐にしまってある後藤物の目貫のことを斧田に言うべきかどうか迷った

が、言えば茂庭十内に迷惑がかかるかも知れない。

しばらくようすを見てからのほうがよさそうだと思いなおした。

斧田は煙管をくわえながら目を細めた。

「おまけに今夜の下手人は、神谷さんに面（つら）を見られるというドジを踏みやがった」

斧田は懐から二つに斬り割られ、血で汚れた能面をつかみだした。

「それに、この能面だがね。能面打ちなんてなぁ、めったやたらにいるもんじゃねぇ。こいつの出所を手繰れば今夜の下手人にたどりつく。下手人の先にゃ百蔵がいるって寸法さ。……なぁ、常吉」

「おっしゃるとおりでさ。なにしろ、今夜は初めて百蔵が尻尾をだしやがったんだ。今度は逃がしませんぜ」

常吉は獲物の足跡を嗅ぎつけた猟犬のように目を炯（ひか）らせた。

第四章　鬼の素顔

一

百蔵は下帯ひとつの裸で絹夜具に腹ばいになり、女に腰をもませていた。

その躰は六十をすぎた男とは思えないほどたくましい。

背中には見るからに凄味のある般若の刺青がいれられていた。

女は湯あがりらしく、洗い髪のままで、紅絹の湯文字を腰に巻きつけただけだった。年は二十二、三。人妻らしく、うりざね顔の眉を青く剃っていた。紅をさした唇から鉄漿の歯がこぼれるさまが、なんとも妖しく艶っぽい。

絖絹のよう白い滑らかな皮膚をしている。胴は蜂のようにくびれているが、臀には女盛りの脂がぽってりとのっている。

女はやや臀を浮かせ、両手の指で百蔵の腰をもみつづけていた。

百蔵は顔を横にし、重たげな乳房がゆっさゆっさと揺れているのを目を細めて眺めていた。

女の名はお玖摩(くま)という。永代寺門前町の裏長屋で浪人者の夫と、五つになる息子の三人暮らしをしていたが、息子が病弱で薬代がかさみ、切羽つまって百蔵から金を借りた。借金は利がつもり三十五両にまでふくれあがった。

夫は武士には似合わず気弱な男で、おまけに体力もなかったから日雇いのモッコ担ぎにも耐えられなかった。

百蔵に三十五両の借金のかわりに妾(めかけ)にならぬかともちかけられた。夫と子の暮らしが立つだけの金は毎月届けてくれるという。

断れば吉原にでも身売りして女郎になるしかない。二九(にく)の娘ならともかく、二十歳(はたち)をすぎた年増(としま)では十五両か、せいぜい二十両の値がつけばいいほうだろう。おなじ肌を汚すなら囲い者になるほうがましだ。そう決心したお玖摩は夫と離縁し、わが子とも別れて百蔵の囲い者になった。

百蔵は若いころ女衒(ぜげん)をしていただけに、女を見る目は肥えている。

ひと目見たときから、お玖摩には淫婦(いんぷ)の性(さが)がひそんでいると見たのである。

女には交媾(まぐわ)いに淡白な者と、濃密な者がある。むろん、金になるのは後者のほうである。

——この女は……。

飛び切りの上玉だ。長年、培ってきた百蔵の目に狂いはなかった。

初めのうちこそ、お玖摩はもとめられるままに下肢をひらいて百蔵を受けいれるだけだったが、そのうち、われを忘れて歓喜するようになった。

それも根が武家の出だけに、はしたなくわめいたりしない。

ひたすら声を噛み殺し、歯を食いしばって悦楽をおさえようとする。それが男の淫情をいやがうえにもそそる。

「お玖摩……そろそろ兆してきたようだの」

百蔵は肘をついて躰を起こすと腕をのばして、お玖摩を夜具に仰臥させ、枕元に置いてあった般若の面を顔にかぶせた。

お玖摩はおどろいて声をあげかけたが、すぐに抗うのをやめた。

「ふふふ、おなごは外面似菩薩、内心如夜叉というそうな。白い躰に般若の面が、よう映るわ」

百蔵の右手が脇腹をさすり、乳房をやわやわともみあげ、太腿をゆっくりとなぜあげ、なぜおろす。紅絹の湯文字がめくりあがり、お玖摩の下半身がむきだしになった。搗きたての餅のような腹部から白い円柱のような双つの太腿がすらりとのびている。

「おなごは淫らでのうてはおもしろうない。のう、お玖摩……」

百蔵はふふふと口のなかでくぐもった笑いをもらすと、お玖摩のかたわらにあぐらをかいてすわり、紅い湯文字がまつわりつく白い裸身を目でなめまわした。

「ぬしと寝ようか千石取ろか、なんの千石ぬしを取ろ……ふふふ、なんの、この躰なら千石どころか万石も夢ではないぞ」

腹部をなぞった百蔵の掌が股間のふくらみをつつみ、二本の指がくさむらをかきわけた。百蔵の愛撫は気が遠くなるほど長い。右の手指でとがった肉芽をつまみ、左手で乳房をなぶりながら、乳首を吸う。女を自家薬籠中のものとするには決して焦ってはならないことを、百蔵は熟知していた。

百蔵は六つのとき、千住の大百姓だった養父に実子が生まれたため、十両の養い金つきで嘉助という越中の薬売りの貰い子に出された。

嘉助は表向きは薬売りだが、本業は女衒だった。越中、越後、庄内にかけて薬を売り歩いては貧しい百姓から娘を買いたたき、街道筋の旅籠に飯盛女として売りつけた。百蔵は重い薬箱をかついで嘉助について歩いた。

嘉助が買うのはもっぱら二八から二九の、まだ男を知らない未通女だった。

因果をふくめるため、嘉助は買ったその日のうちに娘を抱いた。

——てめぇのおっかぁも飯盛女だったんだ。三度の飯を食わせてもらうだけでもありがてぇと思え。

そう嘉助から罵倒され、殴りつけられるたび、百蔵は嘉助への憎悪をふくらませていった。

十四のとき、百蔵は女を知った。嘉助が買った女のひとりが、嘉助が博打に出かけた夜、百蔵を誘ったのである。

女は二十六の年増で、出戻り女だった。

おかめ顔で、年も食っていたから嘉助の買値は安かったが、肌は雪白で、乳房も臀もぽってりした女だった。

百蔵は朝まで飽きずに女と交媾いつづけた。おまけに無類の好き者だった。

——その年で女を泣かすなんて、きっと、あんたは女殺しになるよ。

百蔵は女というものが見た目ではわからないことを知った。

十七のとき、百蔵は旅先の山のなかで腹痛をおこし、苦しんでいる嘉助の頭を石で殴りつけて殺し、懐中の胴巻と関所手形を奪い、穴を掘って死体を埋めた。

胴巻には三日前、岡場所に三人の娘を売った三十八両の金があった。

元手を手にいれた百蔵は、嘉助の跡を継いで女衒になった。

跡は継いだが、嘉助の商いのまねはしなかった。

嘉助は娘の顔立ちで値踏みしたが、百蔵は肌のよしあしと乳や臀の形、それに気性で値踏みした。

遊客がどんな女を好み、買い手の楼主がどんな女を高く買ってくれるか、百蔵はよく知っていた。

いくら器量がよくても、反応の鈍い女は客が興ざめする。

百蔵は女の官能のよしあしを、指一本で見きわめられるようになった。

これと見込んだ上玉は手元に置いて仕込んだ。

五両で買った土臭い百姓娘を一年かけて仕込み、吉原に八十両で売ったところ、お職を張る花魁にまでなったこともある。

――女ほど儲かるものはない。

「あ、ああ……旦那さま」

お玖摩が耐えかねたように身をよじり、百蔵の股間に手をのばしてきた。

下帯のなかで怒張しているものを掌でまさぐり、指が蟻の門渡りをはう。

百蔵はやおら身を起こし、下帯をむしりとると、蜘蛛が獲物をむさぼるように手足をからめ、ゆるりと躰をつないだ。やわらかな秘肉が蛭のように百蔵の一物にまつわりついてくる。

この女に御守殿ふうの椎茸髷を結わせ、金糸銀糸でいろどった打掛けでもまとわせりゃ、大奥の中﨟にでも仕立てられるな……。

お玖摩の乳房を舌でねぶりながら、百蔵はあれこれと胸算用をたのしんでいた。

「旦那さま……」

廊下で女の声がした。

この妾宅に年季奉公で雇い入れた女中の声だった。

「室井さまがおいでになっておりますが……」

「わかった。酒でも出して待たせておけ」

百蔵はゆっくりと腰をつかいながら、お玖摩の乳首を舌の先でちろちろとなぶると強く吸いつけた。

「だ、だんなさま……」

お玖摩は般若の面をつけたまま、双腕を百蔵の首に巻きつけ、狂ったように腰をしゃくり、臀をふりたてる。

「わ、わたくし、もう……もう……もう」

お玖摩はこらえかねたようなすすり泣きをもらすと、ふいにぶるぶるっと全身を鋭く震わせた。

「おお、おお、なんと般若がよがり泣きをしておるわ」

お玖摩が身もだえするさまを冷めた目で観賞しながら、百蔵はあせることなく腰をつかいつづけた。

二

室井棋八郎は二階の寝室にいる百蔵を待つあいだ、階下の客間で女中のおふねの酌で盃をかたむけながら幕府の名人碁所・本因坊道策が千代田城内で好敵手の安井算哲を相手に打った棋譜の写しを見ていた。

この棋譜は幕府の役人からひそかに入手したもので、囲碁好きにとっては垂涎物の写しだった。

室井棋八郎は三十六歳になる。八年前まで北国の某藩で勘定方を務めていたが、藩主が行状不届きを幕府から咎められ、藩が取りつぶされてしまった。

妻の実家は裕福な呉服問屋だったので、二つになる娘をつれて実家に寄食していたが、間もなく妻が病死した。

棋八郎は十露盤が達者だったこともあり、義父はいっそのこと商人になってはどうかとすすめてくれたが、跡を継ぐ義弟と折り合いが悪く、居づらくなって娘を義父の養女にしてもらい、仕官の口をもとめて江戸に出てきた。

しかし、江戸にはおなじように扶持を失った浪人が諸国からあつまり、とうてい仕官など望めそうもなかった。

棋八郎は田宮流の免許取りだが、泰平の世では剣など無用の長物である。

義父からもらった餞別も一年とたたぬうちに底をついてしまった。

傘張りや日雇い人夫をして食いつないでいく日々に耐えきれなくなった棋八郎は飲み屋で知り合った浪人者にさそわれ、賭場荒らしや借金の取り立てから刺客までしてのけた。

皮肉なことに武士の矜持を捨ててしまうと懐中にもゆとりができ、人並みの暮らしができるようになった。

そんなとき、湯屋の二階で囲碁好きの隠居から賭け碁の仲間に誘われた。

賭け碁はご法度(はっと)だったが、囲碁会所や湯屋の二階の休み処に集まる囲碁好きのあいだでは盛んにおこなわれていた。

棋八郎は藩でも指折りの腕だったから、めったに負けることはなかった。

その賭け碁仲間の一人から、「越前屋という口入れ屋が、剣の腕が立って、十露盤もできる番頭を探している」ことを聞いた。

つまるところは用心棒かと思ったが、いまの破落戸(ごろつき)浪人のような暮らしよりはましかも知れないと考え、越前屋を訪ねた。

それが百蔵の店だった。百蔵は口入れ稼業もしていたが、かたわらで金貸しもしているし、売女(ばいた)をかかえた出合い茶屋もしている。

棋八郎のどこが気にいったのか、百蔵は年に五十両という破格の給金を出すという。月に三両あれば食って、酒を飲んで、たまには女も抱ける。

「わしは金を借りたい人間に金を貸して利息をもらう。身売りしてでも銭がほしいという女に客を世話して銭をもらう。人がほしがるものはなんでも銭になる。これが商売というものとちがいますかな」

のっけから百蔵は、そううそぶいた。

「天下の御法などというものは公儀のためにあるもんで、わしらとはなんのかかわりもない。わしのところで働いてもらうのなら、わしのいうことが天下の御法、そう思ってもらわんと困りますな。そのかわり、わしの役にたってくれる者には、それなりに銭はたっぷりはずみます」

――こやつ、捨て身で生きてきた男だな。

百蔵には天下の御法など糞食らえといわんばかりのふてぶてしさがあった。公儀の意向に唯々諾々としたがっている武門から弾きだされた身の室井棋八郎には、そのふてぶてしさが逆に気にいった。

家臣のことなど念頭にないような藩主につかえるくらいなら、いっそ、この男に賭けてみるか……。

以来、室井棋八郎は越前屋の番頭兼用心棒として幾度となく危ない橋も渡り、いまや百蔵の片腕となっている。給金も年に三百両になったから、下手な大身旗本より、はるかに裕福だった。

今日は黒の紬の単衣を着流しにして、腰に先祖伝来の和泉守国貞の脇差しを帯びただけの軽装だった。

もう三十に手がとどこうという女中のおふねが首をのばし、棋八郎の手元をのぞきこんで首をかしげた。

「せんせい、なんだか判じものみたいな本ですね」

「ふふ、判じものか。うまいことを言うな」

棋八郎は髭の剃りあとをなぜて目を笑わせた。

「これは詰め碁といってな。ま、判じものみたいなものだ」

「へぇえ、そんなむずかしい本を読むなんて、せんせいは学者だね」

「学者。……この、おれが、か」

棋八郎は失笑した。

「だって、せんせいは本も読めるし、字も書けるし、十露盤だってできる。そんなえらいひとは、おらのまわりにゃ一人もいなかっただよ」

おふねは下総の農婦だったが、亭主と死別し、奉公先をもとめて江戸に出てきた。

おふねは田舎訛が抜けないのを気にしていたが、棋八郎は「水茶屋ならともかく、女中奉公ならなんのさしさわりもない」と言ってくれた。以来、おふねは棋八郎の前では訛を気にせずにしゃべれる。

「ふふふ、本が読めて字が書ける浪人なら、この深川にも掃いて捨てるほどいる。

そんなものは糞の役にもたたん。それより、おふねみたいに達者で骨身惜しまず働くおなごのほうがずんと役に立つ」

「そんだらこたぁねぇだ。おなごはやっぱり顔がよくなくっちゃだめだっちゃ。ここの、お玖摩さんみてぇな器量よしでなきゃ銭はたまらねぇっちゃ」

「ここにいれば家賃もかからぬし、食うにも困らぬ。すこしはたくわえもできるはずだがな」

「けんど、おらは仕送りしなきゃなんねぇもの」

「そうか、おふねは下総の在に男の子を二人、預けてきているんだったな」

「ん、だ。上が九つで下が五つ、てめぇで食ってけるようになるまでにゃ、まんだ先があるでよぅ」

「おふね、手を出せ」

室井棋八郎は無造作におふねの手をつかみとった。

「せ、せんせい……」

おふねはうろたえて声をひそめた。

「だめだっちゃ、こんだらところ、旦那に見つかったら」

「ばか。……勘違いするな」

室井は苦笑しながら懐から一分銀をつまみだし、おふねの掌ににぎらせた。

「これで子供の着物でも買って送ってやれ」

「え……」

「いいから、とっておけ」

「すまねぇだな、せんせい」

おふねが急いで帯のあいだに銭を押しこんだとき、トントンと階段をおりてくる足音がして、百蔵が襖（ふすま）をあけて入ってきた。

「や、や、待たせてすまなんだな。お玖摩がなかなか離してくれぬでの。どうもおなごというのは手間のかかるものじゃ」

照れ隠しにツルリと顔をなぜ、あぐらをかいた百蔵は、おふねを見て邪険に手をふった。

「あとはもういい。さっさと湯屋にいって先に寝るがいい」

「へ、へぇ……」

「へぇじゃない。返事はハイだろう」

「ハ、ハイ！」

おふねは泡を食って部屋を出ていった。

三

「まったく、いつまでたっても気のきかぬ女で困ったもんだ。なんとかならんもんですかね、室井さん」

百蔵は室井棋八郎の前身が武士ということもあり、片腕と頼みにしているだけに言葉遣いも五分のあつかいをしている。

「いや、なまじ目端のきく江戸女より、ああいう女のほうが安気で使いやすいのではないかな」

「なるほど、安気で使いやすい、か……」

百蔵はおおきくうなずいて、ポンと膝をたたいた。

「やはり室井さんは武家だけに人を見る目がわしとはちがう。わしは十露盤にあうか、あわないかだけで人を見る癖があるが、どうも人の使いかたは室井さんのほうがうまいようだ」

満足そうにうなずくと、身をのりだして目をすくいあげた。

「ところで、弥造のことだが、どんな按配かな」

「あの男は使いっ走りには便利だが、しょせんは破落戸ですな。昨夜から菊川町の女の店にもぐりこんでいますが、松井町の常吉の下っ引きが三匹も張りついていますから、動きたくても動けんというところでしょう。また、うろちょろされてはこっちが困る」

「ちっ！　あのばかもんが。肝心なところでドジを踏みくさって……」

「弥造もまさかあんなところで邪魔が入るとは思わなかったんでしょう。あの時刻、あの川べりはめったに人が通らん場所ですからな」

「なんでも鵜沼さんと斬りあった侍は、北の斧田とかいう定町廻り同心と顔見知りだそうですな」

「さよう……」

　室井棋八郎はかすかに眉をしかめた。

「昨夜の侍は神谷平蔵といって新石町の長屋で町医者の看板をあげているそうですが、これが並の男ではござらん」

「……神谷平蔵ね」

　百蔵は首をかしげた。

「どこかで聞いたような気がするが、さて……」

「お忘れになったかな。去年の暮れに江戸市中を荒らしまわった海賊あがりの押し込み強盗の件……」

「ああ、たしか木場の紀州屋の内儀の兄が盗賊の頭目だったというんで大騒ぎになった、あの一件ですな」

「やつらは両替商の駿河屋に押し込もうとしたところを待ち伏せされて一網打尽になったんだが、あのとき、一味を店のなかで待ちかまえていて凄まじい剣をふるったのが神谷平蔵ですよ」

「あ……」

百蔵、ハタと膝をたたいた。

「たしか、一人で十数人の盗賊を斬り捨てたという男か……」

「そうですな。こやつ、剣の腕もなかなかのものですが、始末の悪いことに、実の兄が公儀の御目付ときている」

「ううむ。迂闊に手だしもできぬということか……」

百蔵、苦虫を嚙みつぶしたような顔になった。

「その神谷平蔵と鵜沼さんを咬みあわせたら、どっちが勝ちますかね」

「玄士郎も鋭い剣を遣うが、修羅場の数を踏んでいるのは神谷平蔵のほうでしょう。どちらとも言えんですな」

室井棋八郎はきっぱりと釘をさした。

「いずれにせよ、むこうから仕掛けてこぬかぎり、神谷平蔵に手だしはせぬほうが賢明でしょう」

「ふうむ……」

「八丁堀が弥造にヒモをつけているのは玄士郎をあぶりだしたいからでしょう。弥造の口をふさいでしまえば、八丁堀は手掛かりがなくなってしまう。あとは玄士郎にほとぼりが冷めるまでは出歩かぬようさせることだ」

「鵜沼さんはもともと室井さんの剣術仲間だ。鵜沼さんのことは室井さんにまかせましょう」

「玄士郎のことより、弥造をこのままほうっておくほうがまずいのではないかな。もし、八丁堀に引っぱられたら、あっさり口を割るにちがいない」

「弥造の始末を長七にまかせるというのはどうかな」

「やりますかな、長七が……」

「なに、十手持ちも破落戸もおなじ穴のムジナですよ。それに長七のうしろには南の青木さんがついている。あとの尻ぬぐいは青木さんにまかせればいい」

百蔵は冷笑をうかべた。

「こういうときのために、これまで、あの二人にはたんまり袖の下をつかませておいたんだ。いまさら尻込みなどさせませんよ」

「なるほど、蛇の道は蛇ということもありますからな」

「それにしても、いったい、神谷平蔵と佐久間久助はどんなつながりがあったんですかな」

「長七から聞いたところによると、佐久間久助は神谷平蔵とおなじ道場で学んだ剣術仲間だったそうです」

「ふうむ。なんとも厄介なやつが割り込んできたものだ」

「たしかに厄介な男にはちがいないが、八丁堀の者ならともかく、本業は一介の町医者にすぎぬ。それほど案じることはありますまい」

「しかし、風向き次第でどう首をつっこんでこんともかぎらん。目を離さぬようにしてもらおう」

「たしか、やつは今日、佐久間久助の通夜に出向いているはずだ。なにか妙な動きがあれば長七から知らせてくるでしょう」

「そうか、通夜か……」

百蔵は部屋のすみに置いてあった煙草盆を引きよせると、銀煙管（ぎんぎせる）に刻みをつめながら冷笑をうかべた。

「佐久間久助とかいう木っ端役人もばかな男だ。妙な片意地さえ張らなきゃ、命まで落とすことはなかったものを……」

四

日本橋を渡りながら伝八郎が太い溜息をついた。

「なぁ、神谷。さすがのおれも今日ばかりはまいったよ」

「うむ……」

平蔵もさえない顔でうなずいた。

佐久間久助の通夜に出向いた帰りである。

久助の横死の現場に駆けつけた平蔵としては気のめいる焼香だった。

もしかしたら久助を救えたかも知れないという思いが、いまも残っている。

喪主は十五歳になる長男の久太郎だったが、突風のように父を襲った悲劇を懸命に受けとめ、凜々（りり）しくふるまっていた。

久太郎の下には十三歳の長女、十一歳の次女、九歳の三女、七歳の次男、さらに五歳の四女がいた。

妻女はさすがに泣きはらしたのだろう。瞼がすこし腫れているように見えたが、弔問客のひとりひとりに丁重に辞儀を返していた。

六人の子供たちはそれぞれ行儀よく母を見習って弔問客に頭をさげていた。その健気な姿が瞼に焼きついている。

伝八郎が「まいった」ともらしたのは、そのことだった。

もう暮れ六つに近いが、江戸一番の繁華街だけに人の往来は絶え間がない。

「おい、ちくと飲っていかんか」

本舟町の川筋にある田楽が売り物の居酒屋の前で伝八郎が足を止めた。

「ここの山椒味噌はなかなかいけるぞ」

「そうだな……」

酒でも飲まなければやりきれんと思った。

二人は暖簾をくぐって通りに面した窓ぎわの席に陣取った。

この席は冬は寒いが、今は格子窓から川風が流れこんで心地よい。

間口二間、奥行き三間、七、八人も客が入ればいっぱいという小店だが、宵の口とあって仕事帰りの大工らしい男が二人いるだけだった。

板場から山椒味噌の香ばしい匂いがプーンとただよってくる。

とりあえず冷やの枡酒を二杯、豆腐とコンニャクの田楽をたのんだ。

「それにしても、たまげたな」

伝八郎が枡酒に口をつけながら、目をすくいあげた。

「なにが……」

「なにがって、子が六人だぞ。六人……」

「ああ、そのことか」

どうやら伝八郎、佐久間久助の子福におどろいたらしい。

「たしかに多いな」

「多いなんてもんじゃない。佐久間さんは、たしか今年、三十六だろうが」

「いや、おれより五つ上だったから、七のはずだ」

「ま、六でも七でもいいが、十五の長男を頭に五つの末っ子まで六人もの子をつくるとなると、ご新造は二年にひとりの割合で子をひりだしたことになる」

「おい、ひりだすはないだろう」

「細かいことを言うな。そんなことより佐治道場にいたころの佐久間さんは、女なんぞには目もくれぬといったていの堅物だったろうが」

「まぁ、な……」

「それが六人の子福者とは、なんとも恐れ入谷の鬼子母神だ」

「別にめずらしいことでもなかろう。律義者の子沢山ということもある」

「ふうむ。……律義者か」

　伝八郎、妙な納得のしかたをした。

「ま、ご新造はなかなかの器量よしだからの。佐久間さんもせっせと子づくりに励まれたということだろうて……」

「おい……言うことが、ちと不謹慎だぞ」

「ん？　いや、なに、おれも奈津どのと所帯をもったら、せっせと励まねばなるまいと思ったまでよ」

「ちっ！　ま、きさまの馬力なら六人ぐらいわけはなかろうよ」

　チクリとからかったら、

「おい、そりゃどういう意味だ」

　と、つっかかってきた。

「なに、独り者のひがみというやつだ。気にするな」

「そうか、ひがみか。ま、これまで神谷にはさんざんあてつけられたからの。せいぜい、ひがむがいい」

小鼻をぴくつかせて得意になっている。

なんとも気楽な男だが、伝八郎とつきあっていると、めいっていた気分もすこしは晴れる。

おやじが焼き立ての田楽をはこんできた途端、ふたりとも無口になった。

目当ての豆腐の木の芽田楽もうまかったが、生コンニャクのプリプリした歯ざわりも格別だった。

平蔵は豆腐を串刺しにして醬油をつけ、狐色にこんがり焼いたアツアツの雉焼き田楽を、舌の上でへろへろころがしながら頰ばった。

「ご新造も、あの若さで後家は殺生な話だの」

伝八郎が、らしからぬしんみりした口調になった。

「うむ。生計を立てるだけでも大変だろうな」

久助の妻女は十七のときに嫁いできたというから、今年で三十三歳、昨夜来の心労のせいか、すこし面やつれしていたが、まだ充分に瑞々しく見えた。

さいわい長男が元服をすませていたから同心見習いに取り立てられるそうだが、

公儀から出る切り米は雀の涙、とても七人もの口を糊するというわけにはいかない。

いまさらのように昨夜、久助を襲った刺客を間一髪のところで逃がしてしまったことが悔やまれてならない。

——いや、それよりも、

佐久間久助が団子屋の前を通りすぎていったとき、声をかけていれば……。

いくら悔やんでも後の祭りだが、襲撃の現場を目撃しているだけに平蔵の胸に澱のような重いものがずしりと残っていた。

「おい。あれは堀江じゃないか……」

木の芽田楽をパクついていた伝八郎が格子窓の外を目でしゃくった。

「うむ……」

見ると店の前で羽織袴の侍がひとりの女をつかまえて、しきりにまつわりついている。

侍は小網町の道場にときどき通ってきている門弟で、堀江謙吾という松代藩の江戸屋敷詰めの藩士だった。

堀江謙吾に袖をつかまれ、あらがっている女の横顔がチラッと見えた。

　――お宇乃だった。

「なんだ。このあいだ、きさまの長屋でどたばた騒ぎをやらかしていた女房じゃないか」

　伝八郎にもすぐにわかったらしい。

「うむ……」

　平蔵は急いで店を出ると二人に近づいて声をかけた。

「おい、堀江」

「これは、神谷先生……」

　堀江謙吾はおどろいてふりかえったが、別に悪びれたようすはなかった。

　お宇乃は平蔵を見て、一瞬、息を呑んで顔色を変えたが、すぐ身をひるがえし、つんのめるように駆けだした。

「あ……お千勢(ちせ)どの」

　あわてて堀江が追いかけたが、お宇乃はキッとした目でふりかえり、

「わたしは宇乃と申します。さっきから、お人違いだと申しあげているではありませぬか」

　ぴしゃりときめつけると堀江をにらみつけ、小走りに駆け去っていった。

さすがに堀江謙吾もあきらめたのか、それ以上追いかけようとはしなかったが、吹っ切れない顔で、しばらくお宇乃を見送っていた。

「なんだ、なんだ、堀江。行きずりの女を口説くとは、いい度胸だな」

伝八郎が物見高く割りこんできた。

「ちがいますよ。矢部先生……」

堀江謙吾は口をとがらせた。

「あのひとは国元で近くに住んでいたお千勢という娘ですよ。だから声をかけたのに、人違いだと言われて……」

「ははぁ、古い手をつかったもんだな。江戸の女にはそんな手は通用せんぞ」

「先生！　まだ、そんなことを……」

堀江謙吾は若いだけにムキになって食ってかかった。

「あの人はまちがいなく、お千勢どのです。人違いなんかじゃない」

堀江謙吾は言いつのった。

「わかった、わかった。とにかく立ち話というわけにもいかん。一杯飲(や)りながらじっくり聞いてやろう」

堀江謙吾をなだめて、平蔵は居酒屋に誘った。

五

腹がへっていたのか、堀江謙吾は豆腐の田楽を三串、コンニャクの田楽を二串、またたく間にぺろりと平らげた。

「ちっ。人の懐も考えずにガツガツ食らいやがって……」

伝八郎がいじましくぼやいているのを気にするようすもなく、堀江謙吾は満足そうにひとつゲップをしてから、

「いや、ご馳走さまでした」

行儀よく、両手をあわせて礼を言った。

「ところで、さっきの話だがな……」

平蔵は肘をついて半身をのりだした。

「おまえが、お千勢さんを最後に見たのは何年前だ」

「はい。わたしが江戸藩邸詰めになったのが三年前で、お千勢どのが城下を離れられたのはその二年前ですから、ざっと五年前になります」

「五年前なら、お千勢さんはもう二七(にしち)や二八の小娘じゃなかったんだな」

「わたしよりひとつ下ですから、もう十九になっていたはずです」

「ふうむ、十九か。それなら面立ちも今とあまり変わってはいなかったろうな」

「はい。だから見間違えるはずはありません」

堀江謙吾は遠くを見るような眼ざしになった。

「すこし面やつれして見えましたが、松代小町と噂されたころと、いささかも変わりはありませんでした」

「ははぁ、きさまも惚れていた口だな。ん？」

伝八郎がからかうと堀江謙吾は狼狽しながらも、懸命に否定した。

「いいえ。お千勢どのは、もし、三郎左衛門どのがお腹を召されるようなことにならなければ、秋には輿入れがきまっていたおひとですから……」

「ふふふ、語るに落ちるというやつだ。ほんとのところは岡惚れしておったんだろう。ええ？」

「おい。いい加減、茶化すのはよせ」

平蔵は苦笑いして、伝八郎に釘をさした。

どうやら、話を聞くかぎり、お宇乃は堀江謙吾が見間違えたのではなく、五年前まで松代十万石の家臣で勘定方組頭をしていた井口三郎左衛門の長女だった、お千勢という娘らしい。

堀江によると、井口三郎左衛門は領内の商人から賄賂(わいろ)を受け取っていた疑いをかけられ、切腹を命じられた。

井口家は断絶し、お千勢は母と弟の三人で母の実家の伯父のもとに身をよせたが、間もなく弟が疱瘡(ほうそう)にかかって亡くなり、母も看病疲れと気落ちで半年後に病死してしまったという。

「わたしが江戸藩邸詰めになったのはそのころですから、そこから先、くわしいことはわかりませんが、お千勢どのは伯父御の家を出て、縁者をたよって江戸に向かわれたと聞きました」

「ふうむ」

「ただ……」

言いかけて堀江謙吾は口を濁らせた。

「どうやら、言いにくいことがありそうだな」

「ええ、まぁ……」

堀江謙吾はちょっと口ごもったが、

「これは藩にもさしさわりがあることなので、他言無用に願えますか」

「いいとも、おれたちは松代藩とは縁もゆかりもない人間だ。案じるな」

「実は二年前、井口どのの上役だった勘定奉行の荻野十太夫どのが、大番組の鵜沼玄士郎という者に斬られてしまったのです」

堀江謙吾は店内を見渡し、声をひそめた。

「しかも、そのあと鵜沼玄士郎は、荻野どのが商人と結託して収賄した証しの文書を城代家老あてに残して脱藩したそうです」

「というと、勘定奉行が下役に罪をなすりつけていたということか」

「どうも、そのようですね」

「しかし、そんな確たる証しがあるのなら、その鵜沼という男、なにも脱藩までせずとも、城代に訴えるだけですんだのではないか」

「いや、おそらく訴えたところで、荻野どのは藩内の実力者でしたから、執政方に握りつぶされてしまうと考えたのではありますまいか」

「なるほど、そういう例はままあることだからな」

「それに鵜沼玄士郎はおそらく、お千勢どのを追って脱藩したのではないかと……これは、もっぱら藩内の噂にすぎませんが」

「追って、というと……」

「鵜沼玄士郎は、お千勢どのと祝言をあげるはずだった男ですよ」

「ほう、その男、婚約者だったのか……」

「いや、おおいに気にいったぞ」

伝八郎が膝をたたいて感嘆した。

「藩に巣くう悪党をたたっ斬って、惚れた女のあとを追う。なかなか骨のあるやつではないか」

「そうかなぁ。あながち、そうとも言えないと思いますがねぇ」

堀江謙吾は首をかしげた。

「そりゃ、どういうことだ」

「いえ、ね。ここだけの話ですが、お千勢どのはもともと鵜沼玄士郎との祝言は気がすすまなかったようです。父親の井口どのが鵜沼玄士郎の剣の腕に惚れて強引に話をすすめたものの、お千勢どのは内心、鵜沼玄士郎を嫌っていたらしいと聞いたことがあります」

「ふうむ。娘が毛嫌いするというと、よほど醜いご面相の男か……」

「とんでもない。鵜沼玄士郎はなかなかの美男子でしたよ」

「ほう、じゃ、どこが気にいらなかったんだね」

「さぁ、それはわたしにもわかりません」

「父親が鵜沼玄士郎という男の剣の腕に惚れたそうだが、それほどの腕前だったのか」

「ええ。江戸勤番のおり田宮流の達人について、みっちり修行したとかで、藩の御前試合でも鵜沼玄士郎から一本取った者は一人もいませんでした」

「田宮流……」

一瞬、平蔵の脳裏に、佐久間久助を襲った刺客の太刀筋がひらめいた。

あれは、まちがいなく居合いの太刀筋だった。

田宮流は居合いをよくする流派である。

鵜沼玄士郎という男はなかなかの美男だったというが、刺客の頭巾を切り裂いたとき、目にした曲者（くせもの）も端整な顔をしていた。平蔵の胸中に疑念がむくむくとふくれあがってきた。

第五章　身代わり

一

「ちっ！　しつこいやつらだぜ。一杯飲みにいくどころか、厠にもおちおちいけやしねぇ」

弥造は唐桟縞の袷の裾をつまみあげ、手ぬぐいを肩にひっかけ、雪駄をチャラチャラさせながら口をひんまげてぼやいた。

二十間ほど後ろから、豆しぼりの手ぬぐいで鉢巻をした竿竹売りがしつこくついてくる。本所の常吉の下っ引きだということはわかっていた。

そればかりか十間あまり前を紙屑買いが籠をしょって流しているのが見えるが、これも常吉の下っ引きだろうと見当はついている。

「へっ、昨日は看板書きに雪駄直しで、今日は竿竹売りに紙屑買いかよ。常吉の野郎も目先を変えるのに苦労してやがるが、こちとらにゃ先刻お見通しよ」

弥造は毒づきながら菊川町二丁目にある湯屋の暖簾をくぐった。

江戸っ子は明けの烏がカアと鳴いたら朝風呂に飛びこみ、仕事がおわるとなにはさておき湯屋の暖簾をくぐる。

弥造もご多分にもれず朝風呂をかかしたことがない。

顔馴染みの番台の爺さんに湯銭を手渡すと、爺さんが「今日は女湯にしなせぇ」と耳打ちして、脱衣場を目でしゃくってみせた。

女湯の脱衣場に置かれた刀架けに大小と朱房の十手が架かっている。

「青木の旦那だな」

と聞くと、爺さんが無言でうなずいた。

「おお、そうかい。すまねぇな」

弥造の顔がパッと明るくなった。

急いで着物と下帯を籠にほうりこむと、女湯に足を運んだ。

女湯といっても柘榴口が別になっているだけで、脱衣場も洗い場も高さ三尺あまりの仕切り板があるだけだ。

旅に出れば風呂は混浴ときまっているから、女も馴れたもので、男の目を気にするのは色気づいたばかりの小娘ぐらいのものである。

だからといってチラチラ女湯のほうに目を向けようものなら、勇み肌の江戸っ子から「けっ、女の裸が見たきゃ、銭つかんで岡場所にでもいってきやがれ」と罵倒(ばとう)されるのがオチだ。

ただ、八丁堀同心だけは女湯をつかうのが習わしになっていた。

朝の男湯は混んでいるということもあるが、八丁堀同心といっしょの湯をつかっていては気づまりだということもあるからだ。

今朝も女湯はいつものことながらガラ空きで、すみのほうで六十すぎの婆さんが二人、糠袋(ぬかぶくろ)をつかっているだけだった。

弥造が洗い場で掛け湯をつかい、柘榴口をくぐると、

「おう。ここだ、ここだ……」

湯気のたちこめる湯船の奥のほうから、南町奉行所の定町廻り同心青木仙次郎が声をかけてきた。

「へ、こりゃ旦那……」

「もたもたしやがって。おりゃな、もう四半刻も前から出たり入ったりしながら、おめぇが来るのを待っていたんだぜ」

「てぇと、越前屋の旦那から、なにか……」

「ばかやろう。だから、てめえは口が軽いと言われるのよ」

「へっ、申しわけありやせん」

「てめぇがドジを踏んだおかげで、北の斧田の手先がおめぇを四六時中見張ってるだろうが」

「へい、おかげで、にっちもさっちもいかねぇありさまでさ。いまも竿竹売りに紙屑買いがスッポンみてぇにくっついてきやがって、うんざりでさ」

「ふふふ、ヒモはそれだけじゃねぇよ。おめぇは気づいちゃいねぇだろうが、ほかにも羅宇屋に錠前直しがしっかりケツに食らいついてたはずだぜ」

「え……」

「ま、自業自得ってところだが、斧田の狙いのホンボシはおめぇなんかじゃねぇ。鵜沼玄士郎と越前屋だ。おめぇと鵜沼がいっしょにいるところを見られちまったのがドジのつきはじめよ」

「すいません。まさか味楽のお甲があんなところにいやがったとは気がつかなかったもんで……へい」

「おめぇをつけまわしてりゃ、いずれは下手人の鵜沼と顔をあわせるにちげぇねぇ。そこを御用にしようって寸法だろうよ。鵜沼が御用になりゃ芋蔓(いもづる)で越前屋をしめあげられる」

青木仙次郎はじろりと弥造をねめつけた。

「越前屋もな、おめぇの口が軽いから気が気じゃねぇのさ」

「そ、そんな……あっしは番屋にしょっぴかれたって、めったなことをぺらぺらしゃべったりはしませんぜ」

「おめぇも甘いな」

青木仙次郎は口をひんまげた。

「斧田はそんなヤワなやつじゃねぇよ。おめぇを一度しょっぴいたら最後、泥を吐くまで奉行所の仮牢から出しゃしねぇさ。おめぇは叩けばいくらでも埃(ほこり)の出てくるタマだ。贓物(ぞうぶつ)売買、博打(ばくち)、どの札をつかっても、おめぇをまちがいなく伝馬町送りにする。伝馬町の大牢のなかにゃ、おめぇが常盤町の長七とつるんでることを知ってるやつはわんさといる。ま、生きちゃ浮世(うきよ)にもどれねぇだろうよ」

「だ、旦那……」

「いいから、聞け」

「へ……」

「そうならねぇためにも、おめぇはほとぼりが冷めるまで草津の湯にでもつかって骨やすめしてくるのが一番だ」

「へ、へい。そりゃ願ってもねぇことですが、あっしのまわりにゃ常吉の目が光ってて身動きひとつできやせんぜ」

「湯から出たら、脱衣場の脇から釜場にまわれ。釜焚きについていきゃ、裏の川っぺりに出る。岸にゃ荷舟が待ってるから、そいつに乗りさえすりゃ、長七のところに運んでくれるってぇ寸法だ。あとは長七が万事心得てるさ」

青木仙次郎はザブッと湯で顔を洗うと、

「わかったら、とっとと消えろ」

「へ、へい……」

二

青木仙次郎の言ったとおり、釜焚きの男は弥造を見ると、だんまりのまま釜場の裏手につれていった。

裏は川に面していて薪舟（たきぎぶね）が舫（もや）われていた。

木場から薪を安く仕入れて湯屋にはこぶ荷舟だった。

船頭は山積みにした薪の谷間に弥造をすわらせると、ギイギイと櫓をきしませてたくみに舟をあやつり、絶え間なく行き交う物売り舟や荷舟のあいだをぬって猿江御材木蔵の近くにある浄明寺の裏手に舟をつけた。

むこう岸は須崎村で、牛を使って田を鋤いている百姓たちの姿があちこちに見える。

舟をおりると常盤町の長七が下っ引きをしたがえて迎えてくれた。

「ここまで来りゃ、もう常吉の手先につけまわされる心配はいらねぇよ」

長七は肩を抱きかかえるようにして弥造を寺の裏手につれていった。

「ここの坊主には越前屋さんが、たんまりお布施をはずんでくださったから、屋根と飯の心配はいらねぇ。草津にゃ越前屋さんの寮があるから、そこでのんびり浮世の垢を落としてくるがいい」

「へ、へい……」

「おまけに寮には越前屋さんが、おめぇのために飛び切りの上玉をつけてくださるそうだ。のんびり湯につかって、酒でも飲んで、一生かかっても拝めねぇような女を好きなだけ抱けるんだ。どうだ、文句はあるめぇ」

そう言うと、長七は懐から胴巻をつかみだした。

「ここに五十両入ってる。越前屋さんが当座の小遣いにとくださったんだ」

「ま、まるで夢みてぇな……」

「ふふふ、できりゃおれが代わってやりてぇくらいのもんよ」

「へへへ、すいませんね。親分」

弥造はいそいそと胴巻を懐にねじこんだ。

「で、草津へは、いつ……」

「おお、そのことよ」

長七の目が剃刀(かみそり)のように細く切れた。

「草津にたつまえに、おめぇにどうでもカタをつけておいてもらいてぇことがひとつあるのさ」

「へ、へえ……」

弥造はにわかに不安そうな目になって長七の顔色をうかがった。

「カタをつけるというと、どんなことで……」

「なに、たいしたことじゃねぇ。おめぇなら朝飯前にしとげられることとさ」

そう言うと長七は懐中に呑んでいた匕首(あいくち)をとりだした。

「目ざわりなやつをひとり、あの世に送ってもらいてぇのよ」

「えっ……」

「けっ、いまさらおどろくようなことじゃあるめぇ。おめぇがこれまでさんざんやらかしてきたことじゃねぇか」

長七は有無をいわさぬ口調で匕首を弥造におしつけた。

「段取りはおれにまかせておきな。殺ったあとの始末は青木の旦那がつけてくださるから心配はいらねぇ。わかったな」

「へ、へえ。……ですが、親分、いってぇ、だれを殺るんです」

「ふふふ、きまってるだろうが。おめぇにドジを踏ませたやつよ」

「あ……」

弥造は思わず目をひんむいて屁っぴり腰になった。

「お、親分。ま、まさか鵜沼の旦那と斬り合った……」

「ばかやろう。おめぇに二本差しが殺れるはずはねぇだろうが」

「へ、へい……」

「あの二本差しは越前屋さんのほうで始末をつけてくださるそうだ。おめぇは味楽のお甲の口をふさぎゃいいんだよ」

「な、なんだってまた、お、お甲を……」

「越前屋さんはしくじりは金輪際(こんりんざい)許さねぇおひとだ。鵜沼の旦那の顔を見たのはお甲と、あの二本差しだ。あんなドジを踏むことになったのも、もとはと言やぁおめぇの段取りちがいからだ。ほんとなら、おめぇが消されても文句は言えねぇところなんだぜ」

「…………」

「どうなんでぇ、弥造。はっきりしねぇかい！」

「わ、わかりやした」

「よしよし、そうこなくっちゃいけねぇ。越前屋の旦那ににらまれてみろ。この先、本所深川じゃ商売どころか、安気(あんき)に生きていくこともできねぇんだ。腰をすえてかかるこったな」

弥造は血の気がうせた顔で操り人形のようにコクンとうなずいた。

三

もう、五つ（午後八時）をすぎたころだろう。

神田新石町の弥左衛門店の住人たちは、六つ半（七時）ごろには夕飯をすませて床についてしまう。

夜ふかしをすると行灯（あんどん）の油代がかさむし、職人たちは朝が早く七つ（午前四時）か七つ半（五時）には起きだすからである。

すこし前、隣の源助のところでも、赤ん坊がひとしきりむずかっていたが、およしが乳を飲ませ、あやしているうちに熟睡したらしい。

平蔵は行灯の前にあぐらをかいて、ソボロ助広の手入れをしていた。

五日前、白塗りの能面をかぶった山岡頭巾の曲者（くせもの）と激しくわたりあったが、津田越前守助広が鍛えた業物（わざもの）には刃こぼれひとつなかった。

ただ、鋒（きっさき）から三寸ばかりの鎬（しのぎ）に擦（こす）れた跡があった。

鏡のように研ぎ澄まされた刀身のそこだけが白っぽく見える。

刀と刀が咬みあい、鎬を削りあった痕だろう。

鋼（はがね）と鋼が激突して生じた傷である。物打ちは刀身のなかでも、もっとも負荷のかかる箇所である。どんな些細な傷も見すごすわけにはいかなかった。

――やはり研ぎに出さなければならんな……。

また物入りだなと苦笑した。

それにしても、八双からふりおろしてきた曲者の一撃には恐るべき圧力があった。いまさらのように慄然とした。

とっさに刃(やいば)で巻きこんで弾きかえしたものの、一瞬、腕がしびれた。

居合いの技も相当なものだったが、まともに斬り合っても五分と五分、どちらが勝っても不思議はない相手だった。

なによりも瞠目(どうもく)すべきは、曲者が能面をかぶったままで平蔵と五分にわたりあったことである。

あの能面の瞳孔は並の面より大きめに穴を刳(く)り抜いてあったが、それでも視界はせまくなっていたはずだ。

それで、あれだけの剣技を見せた相手に戦慄を覚える。

何人もの剣鬼と斬り合ってきたが、一番の強敵のような気がする。

思わず平蔵は、寒気を感じた。

竹刀(しない)や木刀での試合なら三本のうち二本取ればいい。

しかし真剣での闘いでは二本目はない。

一寸の誤差、一瞬の遅れが命取りになる。

そのためには、すこしでも膂力(りょりょく)、脚力をつけておかなくてはなるまい……。

そんなことを考えていたとき、表の戸が忍びやかにコトリとあく音がした。

「だれだ……」

誰何したが返事がなかった。

時が時だけに、油断はできない。

平蔵は鞘に納めたソボロ助広を手にしたまま、上がり框に立っていった。

土間の戸口に白い顔が、身をすくめるようにして佇んでいた。

お宇乃だった。

「夜分、申しわけございませぬ」

お宇乃はかすかな声で詫びを言うと、ためらいがちに近づいてきた。

「どうしても、お願いしたいことがございまして……」

堀江謙吾のことだな、とわかった。

「ご亭主も、承知のうえのことか……」

「いえ。今朝早く、上総の親戚のところに商いの元手を借りに出かけましたので、明日まで帰ってまいりません」

お宇乃はかすかにほほえんで、上がり框の平蔵を目ですくいあげた。

「夜分、お訪ねしてはご迷惑になるかと迷いましたが、戸障子に行灯の火影が映っておりましたので、思い切っておうかがいいたしました」

「なに、わしは一向にかまわぬが……」

夫の新三郎が留守をしている今夜しか機会はないと考えてのことだなと、察しはついた。

「ま、とにかく、あがられよ」

平蔵は奥の六畳間を目でしゃくった。

お宇乃は履いてきた下駄を脱ぎ、片膝ついて後ろ向きになると、きちんとそろえた。

縫や文乃もそうだったが、いかにも武家の出らしい、躾のよさを感じさせる挙措だった。

お宇乃は利休鼠の袷に濃紺の帯をしめ、膝の上にきちんと両手をそろえて平蔵の前に正座した。

「このあいだ堀江謙吾から、そなたのことはあらまし聞かせてもらった。そのことで、まいられたのであろうな」

「はい……」

腹をくってきたのだろう。お宇乃はためらいなくうなずいた。

「堀江はわしの門弟のひとりでな。まっすぐな気性の男だ。そなたとは松代藩で近くに住んでいて、子供のころからの顔馴染みゆえ、万にひとつも見まちがえるはずはないと申しておったが……」

お宇乃はおおきく息を吸いこむと、深々とうなずいた。

「おどろきました。謙吾さまは松代にいらっしゃるものとばかり思っておりましたので、とっさにあのような言い逃れをしてしまいました」

お宇乃はまぶしげな目で平蔵を見た。

「謙吾さまには申しわけないことをいたしました」

「どうやら、おなごの身にはあまる修羅場をくぐってこられたようだな」

お宇乃は遠い昔を見るように目をそらせた。

「とうに松代のことは忘れたつもりでおりましたが、ひとはなかなか忘れてくれぬもののようでございます……」

「もう松代藩の者には顔をあわせたくないということか……」

「はい。松代には親戚や、父が長年親しくしていただいたおひともいらっしゃいます。謙吾さまの口から、わたくしの消息をお聞きになれば、ここにたずねてこられる方もいらっしゃるやも知れませせぬ」

お宇乃は凛（りん）とした強い目で平蔵を見た。

「ですが、わたくしどもが途方に暮れておりましたとき、だれひとりとして寄りつこうとはなさいませんでした。そのような方がたに、いまさら顔を合わせたところでなつかしいとも思いませぬ」

そのときのつらい思いがこみあげてきたのだろう。お宇乃は目をそらすと、ぎゅっと唇を噛みしめた。

「だからお千勢という名を捨てて、お宇乃とあらためられたのだな」

「はい」

お宇乃はきっぱりとうなずいた。

堀江謙吾の話によると、お千勢の父の井口三郎左衛門は松代十万石で禄高三百六十石、勘定方組頭を務め、いずれは藩重役になるだろうと言われていたという。

屋敷には若党や中間（ちゅうげん）、奥向きの女中から、走りづかいの下男、台所女などもいただろう。

お千勢はおそらく生まれたときから箱入り娘として、シミひとつつかぬよう大事に育てられていたにちがいない。

それが、いまは一転して家賃一貫文そこそこの裏店（うらだな）住まいの身だ。

千勢という名を捨て、宇乃と変えたときから、松代とは縁を切ったつもりだったのだろう。

「そなたの気持ちはわからんでもない」

平蔵はいたわるようにお宇乃を見つめた。

「だが、そなたの父御(ててご)は冤罪(えんざい)だったらしいと堀江は申しておったぞ」

「冤罪……」

お宇乃はおどろいたように目を瞠(みは)った。

「まことでございますか」

「やはり知らなんだか。堀江の話によると、どうやら、父御(ててご)の上司だった勘定奉行の荻野十太夫という男が、おのれが私腹を肥やしておった罪を、そなたの父御になすりつけて切腹に追いこんだということだ」

「……荻野さま、が」

お宇乃は呆然として目を瞠った。

「そなたの婚約者だった鵜沼玄士郎という男が、二年前、その曲事をつきとめ、荻野十太夫を斬り捨て、曲事の証しとなる文書を城代家老のもとに届け出たあと、その足で脱藩したそうだ」

「え……」

お宇乃は一瞬、息をつめて、問いかえした。

「鵜沼さまが……」

お宇乃は眉をひそめ、嫌悪の色をうかべた。

「それは……まことでございますか」

「荻野家は断絶したというから、非曲が明白になったということだろうな」

「では、なぜ、鵜沼さまは脱藩などなされたのでしょう。荻野さまの非曲が明白なら、なにも脱藩などなされずともすんだのではありませぬか」

「堀江が申すところによると、鵜沼玄士郎はそなたの後を追って脱藩したのではないかということだった」

お宇乃の顔が紙のように白くなった。

「まさか……そのような」

お宇乃はかすかな声をあげたが、それはほとんど悲鳴に近かった。

「ふうむ……」

平蔵はゆっくりとうなずいた。

「堀江は、もともとそなたは鵜沼玄士郎との祝言を望んでいなかったようだったと申していたが、まことか……」

「はい」

　お宇乃はためらいなく言い切った。

「わたくしは父に鵜沼さまのもとにまいるくらいなら仏門に入ると申しました。そのことで父はずいぶん困っておりましたが、わたくしは無理にと言われれば自害するつもりでおりましたゆえ」

「ほう。それほど嫌うには何かわけがあるらしいが、堀江に聞いたところによると、鵜沼玄士郎は田宮流の剣の遣い手でもあり、なかなかの美男だったそうではないか。どこが、そなたの気にいらなかったのかな」

　お宇乃はすぐに答えようとはせず、さしうつむいていたが、やがて、きっと顔をあげた。

「あの方は表向きの顔とまるでちがう、おぞましい一面をおもちでした。心根が病んでおられたとしか思えませぬ」

　お宇乃はぎゅっと唇を嚙みしめると、優しげな顔には似気(にげ)ない、きつい表情を見せた。

「婚約がととのいましてから間もなく、鵜沼さまのお屋敷に招かれてうかがいましたおり、あの方はご自分で彫られたという能面を見せて、わたくしにかぶってみてくれぬかと申されました」

「能面、を……」

「はい。わたくしは能面のことはよくは存じませんが、なんでも若いおなごをあらわす能面だと聞きました」

堀江謙吾から鵜沼玄士郎が田宮流の遣い手だと聞いたときから、もしやと疑惑をもちはじめていたが、鵜沼玄士郎が自ら能面を打っていたと知って、平蔵の疑惑はもはや確信に変わった。

「その鵜沼玄士郎なる男、わしに心あたりがある」

「え……」

「その男のこと、くわしく聞かせてもらえぬか」

「は、はい……」

四

お千勢は唐突な注文に戸惑いながらも、婚約者の頼みとあれば無下(むげ)に断るわけにもいかなかった。

言われるままにおずおずと能面をつけると、玄士郎は満足そうにうなずいた。

「おお、思うていたとおりだ。そなたを初めて見たときから母上によう似ていると思うたが、その面をかぶると、まさに生き写しじゃ……」

鵜沼玄士郎はうっとりとした表情でつぶやいた。

能面にうがたれた瞳の穴の視界はせまく、玄士郎の表情がつぶさに見えたわけではなかったが、なにか異様な気配を感じた。

急いで能面をはずそうとしたが、

「ならぬ」

玄士郎は冷ややかな口調で能面の紐にのばしたお千勢の腕をつかむと、そのまま抱きすくめてきた。

「いずれ祝言をあげる仲ではないか、なんのはばかることがあろう」

そう言うと玄士郎は、小雀のようにおびえ、すくんでいるお千勢を押し倒し、馴れた手つきで帯紐をといて、その場で凌辱したのである。

まだ十七の、男を知らぬ娘には抗うすべもなかった。

玄士郎は真っ昼間の明るい陽射しがさしこむ部屋で、お千勢を抱きしめながら、

乳房をもてあそんでは、

「おなごの乳というものは、なんと心地よいものよのう。やわやわとしているようで指で押せばむちっと弾む。弄うているだけで心がなごんでくるわ」

うめくようにつぶやいては頬をこすりつけ、押しはだけたお千勢の胸に口をよせて赤子のように乳首を強く吸いつけてきた。

婚約者に初めて抱かれた歓びなど露ほどもなく、お千勢はひたすらいまわしい時が過ぎることだけを願いつづけていた。

いつの間にか、お千勢は着衣をはぎとられ、白い練り絹の寝衣を身に巻きつけられていた。寝衣には強い香料の匂いがした。

「これはな、母上が召されていたものだ。この絹のなめらかな肌ざわり、この匂い……まさに母上のものじゃ」

玄士郎はうめき、ささやきつづけた。

「まるで、悪夢を見ているようでございました」

思いだすのもおぞましいのだろう。お宇乃は鋭く身震いし、両手でひたと顔を覆った。

「あの方は、わたくしを妻に娶りたかったのではありませぬ。亡くなられた母者の身代わりをもとめておられたのです」

平蔵はしばらく声もなく、お宇乃を見つめた。

「身代わり、か……」

「はい。あの方は三つのとき、父御を亡くされ、母御の手で育てられたのだと聞きました。乳ばなれが遅く、十三で元服なさるまで、夜ごと母御に添い寝をしてもらわなければ寝つかれなかったとも聞きました」

お宇乃は斟酌なく鵜沼玄士郎の柔弱を言いたてた。

「それはかりではございませぬ。あの方は十五で母御を亡くされたとき、悲しみのあまり、部屋にこもって食事もほとんどとられなかったそうです。……藩内ではめめしいと眉をひそめる方もおられましたが、一方では哀れなと同情なさる方もいらっしゃいました」

そこでお宇乃は、ふっと一瞬、悔しげな表情になった。

「わたくしの父は残念ながら後者でございました」

そして、弱々しい溜息をもらした。

「おそらく父は、あの方が剣のほうで長足の進歩をしめされていたことで、目ちがいをしたのだと思います」

お宇乃はきっとした目をあげた。

「あのようなことがあってから、わたくしは、あの方は……ただ母御に恋着なさっていたのではないかと思うようになりました」

「おそらく、そうであろう」

平蔵は深ぶかとうなずいた。

めずらしいことではなかった。母親というものは、しばしば息子に恋着し、息子もまた母親に恋着するものだ。ことに、息子が一人となれば、恋着は往往にして度がすぎることになる。また夫に満たされぬ妻はおのれの息子に、その満たされぬ思いを託すことが多い。

なかには人の道をはずして、母と息子が姦する例もなくはない。

どうやら、お宇乃はそれを疑っているようだった。

が、それを疑えば、お宇乃も獣道(けものみち)に踏みこむことになる。

「忘れることだ。犬にでも咬まれたと思うことだな」

平蔵はいたわるような目を向けた。

「そなたは、いまや、松代藩勘定方組頭の娘の、お千勢ではない。お宇乃と名も変えて新三郎という亭主と所帯をもったのだ。鵜沼玄士郎なる男のことは忘れてしまうことだ。……堀江には、わしから口止めをしておく。あの男は話してわからん男ではない」

お宇乃の顔にみるみる安堵の色がひろがった。

隣の源助のところで赤ん坊のぐずる声がして、およしが寝ぼけ半分であやす声が聞こえた。

「そなたも早く赤子（やや）を産むことだな。子ができれば男の性根もすわるというものだ。新三郎はすこしばかり頼りないところもあるが、根は優しい男のような気がするが……どうかな」

「は、はい……」

お宇乃の顔にようやく新妻らしい羞じらいがさした。

「ふふふ、独り者のわしが、えらそうに言うセリフでもないがの」

「ま……」

どうやら隣の赤ん坊のむずかりもやんだようだ。

第六章　口封じ

一

平蔵は隣の赤ん坊の竹の泣き声と、板屋根をたたく雨の音で目をさました。

昨夜、お宇乃を帰したあと、しばらくのあいだ寝つきが悪かった。

佐久間久助たちを襲った刺客の、女面をかぶった風貌が目にちらついて眠れなかったのだ。

お宇乃の話を聞いてからは、あのときの刺客が鵜沼玄士郎だと確信していた。

いくら瞳孔をおおきくしたからといって、能面をかぶって人を斬るという人間はめったにいるものではない。

おそらく、よほど能面に執着がある者の仕業だろうと思っていた。

また、人目をはばかる夜這いならともかく、能面をかぶったままの女を抱きたがる男もいないだろう。

男はだれでも房事のときは、女が見せる歓びの表情や、艶やかな肢体を目で確かめようとするものだ。ことにそれが美しい女なら、そして、それが愛しい女ならなおさらのことだ。

しかも、お宇乃の話によると、そのとき鵜沼玄士郎はお宇乃に母の面影を見ていたふしがあるという。

男というものは母を女としては見たくはないはずだ。少年のころは母が父に抱かれることを想像することさえ嫌悪するものだ。

男というものは、母もひとりの女なのだということを認めたとき、初めて大人になるといってもいい。ましてや妻にしようという女に母の面影を見ようとするのは、どこか大人になりきっていない男だ。

戌井又市にもそんなところがあった。

去年、剣の師である佐治一竿斎の命をうけて斬り合うことになった男を思いだした。

戌井又市は佐治一竿斎がまだ若かったころ、卯女という娘と契り、一竿斎が去ったあとで卯女がひそかに産み落とした。

又市は情にまかせて奔放に生きた母を恨み、その母を捨てた父を恨み、その恨みを糧として剣技をみがき、江戸に出て父の佐治一竿斎に勝負を挑んだが敗れてしまった。

母も生身の女なら、父もまた生身の男なのだ。生身の男女が若いころに出会い、血の騒ぐままに愛しあい、子を身ごもった。どこにでも、だれにでも起こりうる若気のいたりで、いちいち咎めだてするのは野暮というものだ。

それを許容することができず、いつまでもそのことにこだわりつづけた戌井又市も、また大人になりきれなかった男だったような気がする。

戌井又市は青臭い鬱屈を抱いたまま、金で人斬りを請け負う殺人鬼となってしまった。そんな息子を捨てておくわけにはいかぬと決意した佐治一竿斎は、愛弟子の平蔵に秘太刀「霞の太刀」を授け、又市を斬れと命じたのである。

磐根に高跳びしていた又市を追った平蔵は、死闘の末、「霞の太刀」で討ち果たした。

又市はこの世に生かしておけぬ殺人鬼ではあったが、父母から愛情をそそがれぬままに成人したその心情は哀れだった。

鵜沼玄士郎は母に恋着するあまり、常軌を逸するようになったのだろう。

二人とも、育ちかたがちがえばまともな人間になっていたかも知れない。

——おれとても……。

幼いころに亡くなった母の顔はほとんど記憶にない。

兄と嫂（あによめ）が惜しみない愛をそそいでくれたからこそ、いまのおれがある。

ひとつ歯車がちがえば、平蔵も手のつけられない乱暴者になっていたかも知れなかった。

そんなことをあれこれ思うと、なかなか寝つけなかったのである。

二

雨の日は急病人でも出ないかぎり診療所に来る患者はすくない。

平蔵はいつもより半刻（とき）（一時間）ほど朝寝坊し、六つ半（午前七時）ごろに起きだした。

台所で顔を洗い、三合の米をといでから竈（かまど）に火を焚（た）きつけると、台所のすみに置いてある今戸焼きの壺の糠（ぬか）漬けの底をさぐって蕪（かぶら）を取りだした。

蕪の糠漬けは平蔵の好物で、ことに茎はシャリシャリした歯ごたえがあって酒の肴（さかな）にもなる。

蕪はちと漬かりすぎたらしく酸っぱい臭いがしたが、なに、古漬けもけっこういける。

釜が吹きこぼれてきたので竈の火を落とし、残り火を七輪にうつして鉄瓶をかけてから古漬けを刻みはじめた。

今朝は簡単に湯漬けと蕪の漬け物ですまそうと胸算用していると、表の戸障子がガタピシとあいて斧田同心が番傘をたたんで入ってきた。

「お、いまごろ朝飯の支度かね。ずいぶん遅いな」

「うむ。昨夜、ちと来客があってな。寝ついたのは四つ半ごろだったかな」

「例の道場の飲み仲間か」

「いや……」

「ははぁ、さてはコレだな」

斧田がニヤリとして小指をたてた。

親しくなるにつれて斧田はまるで旧知の友のような口をきくようになった。それも時と場合を遣い分けるらしく、神谷どのと敬称をつけるかと思えば、さんづけにしたり、貴公になったりする。

「いや、女の客にはちがいないが、そんな粋筋じゃない」

苦笑したが、斧田は信じなかった。

「いいではないか。貴公はれきとした独り身だ。女のひとりやふたり、いてあたりまえ、いなきゃおかしい」

きめつけて、サッサと草履を脱いで六畳間にあがりこむと小鼻をぴくつかせた。

「ははん、この残り香はまさしく熟れごろの年増女だの」

「ちっ、すぐ人のアラを嗅ぎまわる。八丁堀の悪い癖だぞ」

「ふふふ、ま、そうムキになるな」

斧田はどっかとあぐらをかいてすわると、ずばりと切り出した。

「佐久間久助が狙われたわけがわかったぞ」

「なんだと……」

平蔵は俎板の上の蕪の漬け物をほったらかしにして、急いで台所からあがった。

「久助の雑物掛という役目で大金がからむとしたら、欠所物の入れ札しかないとにらんでいたんだが、なにせ奉行所の内々のことだからな。調べるのに手間どった」

「で……どうだった」

「おい、せっつく前に茶でもいれぬか。こっちは貴公にすこしでも早く耳にいれてやろうと役所にも顔をださず、八丁堀からまっすぐ来てやったんだぞ。せめて茶ぐらい馳走しろ」

「面倒なことを言うな。あいにく茶は切らしておる」

「ちっ！　独り者はこれだから始末が悪い。早く嫁をもらえ、嫁を」

「よけいなお世話だ。それより欠所物の入れ札と、般若(はんにゃ)の百蔵がどうかかわりがあるんだ」

「欠所物の入れ札は、これまで八品商(はっぴんしょう)の顔役がすべて仕切ってきたのよ。それに待ったをかけたのが久助だったのさ」

奉行所に保管されている欠所物は質屋や、古着買いに古着売り、古鉄買いに古鉄売りなどの八品商とよばれる商人仲間の顔役の入れ札で落札するのが習わしになっている。

欠所物は所払いになった商人から没収した財物や、捕縛した盗賊が隠匿していた贓物(ぞうぶつ)（盗品）などである。これらを八品商に入れ札をさせて売却し、その代金を奉行所の費用にあてる仕組みになっているのだという。

むろん、入れ札は高値をつけた者が落札する。

当然、奉行所としては高値で落札されるほうがいいが、商人は安値で落札するほうが儲かる。

そこで、八品商の顔役たちはあらかじめ談合で入れ札の金額をきめておいて、安値で落札し、暴利をむさぼってきたのである。

「そのためには、欠所物をあつかう雑物掛の吟味方同心に目こぼしをしてもらわなければならん」

「つまりは袖の下、か……」

平蔵にも筋書きが読めてきた。

「その八品商のからくりに久助は気づいたんだな」

「ま、そういうことだ……」

久助は二年前まで例繰方(れいくりがた)同心をしていたが、上役とそりがあわず雑物掛にまわされたらしい。

「雑物掛になってすぐに八品商のからくりに気づいたらしいが、そのときは筆頭同心からよけいな口だしは無用と釘をさされたそうな」

久助らしいな、と平蔵は思った。

若いころから久助は、およそ融通をきかすということができない男だった。

おなじ道場仲間でも矢部伝八郎なら、「おお、そうか。すまんの」と袖の下ぐらいすんなり受け取るだろう。

だいたいが役人に多少の賄賂（わいろ）や接待はつきものである。いちいち咎めだてしていては角がたって無用の波風がおきる。

現に斧田などは、「役中頼み」という大名家の賄賂や、町人からの袖の下も平気で懐にいれていることを隠そうともしない。

この程度ならよかろう、これはちと度がすぎるという匙（さじ）加減が役人には必要なのだが、久助には計る匙がなかったのだろう。

筆頭同心に釘をさされて仏頂面（ぶっちょうづら）をしていた久助の顔が目にうかぶようだった。

「ところが去年から久助が筆頭同心になっての……」

斧田がホロ苦い目になった。

「八品商だけにかぎられていた入れ札の権利をとっぱらってしまったのよ」

欠所物のなかには掘り出し物が多い。

人によっては千金を投じても惜しくはないという垂涎物（すいぜんもの）の逸品もある。

所払いになった商家の土地も欠所物に入るから、小間（こま）（間口一間（けん））につき千両をこえる物件も入れ札で落札される。新品の呉服類、高価な飾り物や骨董品、大名道具といわれる兜や鎧、刀剣類もある。

それらを、欠所物だからと、古道具や古着、古鉄とおなじあつかいで八品商だけに旨い汁を吸わせるのかという異論が出るのは当然のことだった。

久助はそうした異論に耳をかたむけたわけではなかったが、談合によって入れ札の上限をおさえて暴利をむさぼる八品商の阿漕なやり口に我慢がならなかったのだ。

三

「そこで久助は、入れ札にくわわりたいという者は、だれでも受けいれることにした」

「八品商は泡を食ったろうな」

「久助にしてみれば、入れ札に高値がつけば奉行所の懐もうるおう。どこに文句があるかというところだったんだろう。むろん久助は袖の下など受け取るような男じゃないから弱い尻などない」

「八品商にしてみれば訴えようにも、てめぇらが長年甘い汁を吸ってきただけに文句のもっていきようがない。そこで百蔵の出番になったというわけだな」

「ま、そういうことだが、始末が悪いのは、百蔵にだれが話をもちこんだのかがわからんことだ」

「証し、か……」

「うむ。久助が狙われたわけは見当がついたものの、こりゃ、あくまでも推量にすぎん。確たる証しもなしに八品商をしょっぴくわけにもいかん」

斧田は渋い目になって腰から鉈豆煙管（なたまめぎせる）と煙草（たばこ）入れをとりだし、

「おい、さっき蕪の漬け物を刻んでおったろう。あれは茶うけにいけるぞ」

台所のほうを目でしゃくった。

朝飯の菜のつもりだったが、催促されてはしかたがない。

蕪の漬け物を丼にいれ、茶のかわりに鉄瓶の湯ざましを湯のみについで出してやったら、斧田は「うむ、これはうまい」と舌鼓を打ってパクつきながら、

「弥造にはまんまと逃げられてしまうし、おれもそろそろヤキがまわったかな」

ぽろりと愚痴をこぼした。

「おまけに例の能面のほうだがね、どうも素人の作らしい。せっかくの手がかりも自前ときちゃ探索のしようもない。まいったよ」

太い溜息をついた斧田を見て、平蔵はうなずいた。

「やはり、な……」

「やはり、とはどういう意味だ。ん？」

「おれの門弟に松代藩の者がいるんだがね」

言いさして平蔵はためらった。できれば、ここで、お宇乃の名は出したくなかったからである。

「それが、どうかしたか」

「これは藩の秘事にかかわるゆえ、ここだけの話にしてもらいたいが……」

ひとつ釘をさしておいて、

「二年前、藩の勘定奉行を斬って脱藩した男がいるんだが、こやつ、田宮流の遣い手で、しかも、おのれの手で能面を打っておったらしい」

「なに、能面をおのれで……」

斧田の顔がにわかにひきしまった。

「まことか……」

「うむ。しかも、こやつは江戸に出てきているふしがある」

「おい、そりゃ……」

「どうだ。臭いと思わんか」

「おお、臭いとも。臭い、臭い。プンプンにおう」

斧田の目がギラッと炯(ひか)った。

「で、そいつの名は……」

「鵜沼玄士郎というそうだ。脱藩したあと、名は変えているかも知れんがね」

「なに、松代の産なら訛(なまり)もあるだろう。探索にはいい手がかりになるさ」

おおきくうなずいていた斧田が、アッという目になった。

「そやつ、たしか田宮流を遣うといったな」

「ああ、なんでも江戸勤番のおり田宮流の達人について修行したとかで、藩の御前試合でも抜群の腕を披露したらしい」

「まちがいない。久助を斬ったのはそいつだ」

「そう、早ばやときめつけていいのか」

「ふふふ、忘れたのか……」

斧田はぐいと膝を押しすすめた。

「久助が斬られた夜、おえいの店で百蔵の片腕に田宮流を遣う室井棋八郎という浪人あがりがいると言ったはずだが……」

「あ、そう言えば……」

平蔵、はたと膝をたたいた。

「つい、うかとしておったが、まさかその室井という男も松代とかかわりがあるというわけではないだろう」

「いや、生国(しょうごく)は出羽庄内だそうだ。しかし江戸屋敷に在勤していたとき田宮流の道場に通って免許をとったということだからな。かかわりがないとは言えん」

「そうか、江戸で修行したとなると、鵜沼玄士郎と道場仲間だったということもありうるな」

「そのことよ。浪人者は江戸に出てくると、なにかの縁故を頼るものだが、鵜沼が脱藩浪人だとなると、まず松代藩邸には近づくまい」

「うむ。田宮流の道場は江戸でもそう多くはない。鵜沼玄士郎と室井棋八郎が道場仲間だったということは充分ありうる」

「よし！　貴公のおかげで切れかけた糸が、またつながるぞ」

斧田は袴(はかま)の裾(ねぐら)をはらって勢いよく腰をあげた。

「そやつの塒を突きとめたら、貴公の腕を借りることになるやも知れん。そのときは頼むぞ」

「むろんだ。おれにとっても鵜沼玄士郎は兄弟子の敵だ。ほうっておくわけにはいかん」

一瞬、平蔵の脳裏に通夜の席にいた六人の遺児の健気な顔がうかんだ。

四

その日の七つ（午後四時）ごろ、お甲は雨降り用の下駄を素足にはいて、蛇の目傘をさすと味楽を出た。

主人の茂庭十内に声をかけていこうと思ったが、仕入れに出かけたまま帰ってこないので店番の婆さんに断って出てきたのだ。

いつもはこみあっている両国橋も、雨のせいか人影はまばらだった。

隅田川からの川風にあおられて雨が横なぐりに吹きつけてくる。

お甲は黒っぽい霰小紋の裾をつまみ、傘を斜にして小走りに橋を渡った。

七年前に亡くなった母のお照の命日である。

月に一度の命日の墓参りを、お甲はかかしたことがない。

墓は本所の弥勒寺にある。

母が宝永三年九月の地震で死んだとき、お甲は母の亡骸（なきがら）をどうするか迷った。裏店（うらだな）住まいの者には菩提寺などないから、どこぞの坊主に経をあげてもらって無縁墓に葬るか、お布施をあげるゆとりがなければ大川に流すしかない。

お甲はなんとかお布施を都合して無縁墓に埋葬してもらうつもりだったが、それを聞いた主人の十内が、菩提寺である弥勒寺の墓地の一角に母の墓をたててくれた。

十内は旗本の家督を弟にゆずり茂庭家を出てから、懇意にしていた弥勒寺の住職に頼んで墓地を買った。

いま、その墓地には二十二年前に病死した十内の妻の墓石がたっている。十内はその一隅にお甲の母、お照のために墓標をたててくれたのである。

――おっかさんの墓参りができるだけでも、あたしはしあわせだ。

だから、お甲はどんなことがあっても命日の墓参りをかかさなかった。

松井町と林町のあいだにある二ツ目橋を渡ったところに弥勒寺がある。山門前の花屋で母が好きだった水仙の花を買い、山門をくぐった。

雨は小やみなく降りつづいている。

もう七つ半（午後五時）ごろだろう。広い境内には薄闇が忍びよっていて、参詣者の影もなく、寺の小坊主が傘を手に小走りに駆け抜けていく姿が見えるだけだった。

お甲は本尊の弥勒菩薩を安置してある本堂の横を通って、裏手にある墓地に向かった。墓地の背後には樹木が鬱蒼（うっそう）と生い茂っている。

茂庭家の墓地の一隅に母の白木の墓標がたっている。

その墓標の前に傘をさしたまま、ひっそりと佇（たたず）んでいる人影があった。

「旦那さま……」

お甲がおどろいて声をかけると、傘の下から茂庭十内が温顔をふりむけた。

「近くにきたものだからね。家内の墓参りによったついでと言っちゃなんだが、お照さんの墓にもお参りさせてもらったよ」

「…………」

お甲は胸が熱くなった。

「すいません……お墓をたててもらったうえに、お参りまでしていただけるなんて」

「なんの、家内も一人で眠るより、話し相手がいて喜んでくれているよ」

十内はいたわるような眼ざしをお甲に向けた。

「ほう、水仙か……そういえば、お照さんは水仙が好きだったね」

十内はぼそりとつぶやいた。

「え……」

どうして、そんなことを……。

母のお照は生前、一度も店にはこなかったし、十内が相生町の裏店に訪ねてきたこともなかったはずだ。

それとも、おっかさんは旦那さまに会ったことがあるのかしら……。

いぶかしげに墓標の前に佇んでいる十内の顔を見つめたときである。

墓地の脇にそびえている杉の巨木の陰から、頬かぶりした黒い影がひとつ、手に匕首(あいくち)をつかんで突進してくるのが見えた。

「……お甲！」

ふいに十内が鋭い声を発し、手早く傘をたたんで右手につかむと、お甲を背中にかばった。

「ちくしょう！　こうなりゃ二人ともぶっ殺してやる」

黒い影は匕首を握りしめ、歯をむきだしにしてわめいた。

頬かぶりの下から凶悪な形相が見えた。

「……弥造さん!?」

お甲は驚愕の声をあげた。

「なんだって、こんなこと……」

「うるせぇ！　てめぇを殺らなきゃ、おれが殺られちまうんだ」

歯茎をむきだしにし、弥造は獣のような唸り声をあげて襲いかかってきた。

「たわけっ」

十内は手にした傘で弥造の手首を払ったが、弥造の動きは俊敏だった。身を沈めて傘の一撃をかわすと、十内の腰に抱きつきざまに匕首を鋭く繰りだした。

「うっ……」

十内はとっさに弥造の襟をつかみ、腰車にかけて投げ飛ばした。

弥造の躰が宙を舞い、墓石にたたきつけられたが、弥造は屈せず、跳ね起きざま、十内に立ち向かってきた。

十内は傘一本で弥造の襲撃をかわしながら、お甲の身をかばった。

「よいか、わしのそばを離れるでないぞ」

十内の声は落ち着いていたが、息づかいは荒くなっていた。

匕首が十内の脇腹をかすめたらしく、着衣が血に染まっている。

「人殺しっ！」

お甲が声をふりしぼって叫んだときである。

境内をよぎって突風のように駆けてくる二人の男が見えた。

本所の常吉と下っ引きの留松だった。

「弥造！　御用だっ」

十手を手にした常吉を見るなり弥造はパッと身をひるがえし、墓石のあいだをむささびのように走り抜け、たちまち薄闇のなかに姿を消した。

五

「ちくしょう……」

弥勒寺の土塀をようやく乗り越え、川べりの路地にすべりおりた弥造はぜいぜい息を切らしながら、ペッと唾を吐いて毒づいた。

なんだって、こんなことになっちまったんだ……。

——お甲はおっかぁの命日には雨が降ろうが、雪がつもろうが、弥勒寺に墓参りに行く。それも判でついたように七つごろに店を出る。こんな雨の日は人目もすくないだろう。殺るなら今日だぜ……。

今朝、常盤町の長七はそう言った。

だから弥造は八つ半（午後三時）に弥勒寺に出向いて、雨のなかを辛抱して杉の巨木の陰に身をひそめて待ちつづけたのだ。

たまに傘をさした小坊主が用でも言いつけられたのか、足ばやに山門に向かうのを見かけたほかは参詣者の姿もなかった。

このぶんなら、女一人、始末するのは造作もないことだとほくそえんだ。

誤算は茂庭十内がやってきたことだった。

十内の妻の墓が、お甲の母とおなじ墓地にあることはわかっていた。

ところが十内は妻の墓参りをすませて帰るのかと思ったら、なんとお甲の母の墓参りをしたまま、帰ろうとしなかった。

いったい、どうなってんでぇ……。

弥造がやきもきしていたところに、お甲がやってきた。

どうも、お甲が一人きりのところを狙うわけにはいきそうもない。

どうするか、弥造は迷った。お甲だけならともかく、茂庭十内はれっきとした旗本の出だ。それなりに武芸の心得があるだろう。

いっそ、日をあらためて仕切り直すかとも思ったが、こんな厄介なことは早いところケリをつけたかった。

うまくしとげれば、越前屋から百五十両という大金がもらえると長七から聞いている。手つけとしてもらった五十両の金も胴巻にある。

二百両もあれば草津で一年や二年、思うさま遊んですごせる。

ええい、こうなったら二人とも殺っちまえ！

十内が武家の出だとしても、六十路すぎの爺ぃだし、おまけに丸腰じゃないか。

まず、爺ぃから片づけてしまおう。

そう腹をくくって飛びだしたまではよかったが、思いのほか十内は手強かった。

危うく傘で匕首までたたき落とされそうになった。

おまけに常吉まで加勢に駆けつけてきては、逃げるしかなかった。

くそっ！　ついてねぇや……。

下帯まで雨がしみとおってキンタマがちぢみあがっている。

早いところ風呂に飛びこまなくっちゃ、このまんまじゃ風邪をひいちまう。

それにしても常盤町の親分はどうしたんだい。

たしか、このあたりに舟をつけて待ってくれているはずだが……。

弥勒寺の長い土塀に沿った暗い川面を目でひろいつつ、小走りに六間堀に向かいかけた弥造は、前方に傘をさして佇んでいる巻き羽織の侍に気づいた。

「お、青木の旦那……」

弥造はホッと安堵の胸をなぜおろし、いそいそと駆けよった。

「どうしたい。うまく殺れたか……」

青木仙次郎は懐手をしたまま、弥造が手にしていた匕首を目でしゃくった。

「いえね、それがとんだ横槍が入っちまって……」

「ほう。しくじったか」

青木仙次郎は懐手をほどいて冷笑した。

「だろうと思ったよ。人ひとり殺るってのはそう甘いもんじゃねぇ」

せせら笑った青木仙次郎は腰をひねりざま、抜き打ちに弥造の肩を袈裟がけに斬りさげた。

「うっ……」

目をおおきく見ひらいたまま弥造はつんのめるようにたたらを踏むと、ぬかるみのなかに頭からつっこんでいった。

「ばかめが……」

　青木仙次郎はしゃがみこむと弥造の死骸をあらため、ついでに懐から胴巻を引きずりだした。

「ほう、ずいぶん入ってるじゃないか。冥途(めいど)の土産にゃもったいねぇやな」

　にやりとして胴巻を懐にねじこんだとき、土塀の角を曲がって十手を手にした常吉が、下っ引きの留松をしたがえて駆けつけてきた。

「おっ！　青木の旦那……」

　ぬかるみに突っ伏している弥造の死骸を見た常吉は険しい目で青木仙次郎をにらみつけた。

「こりゃ、いってぇ、どういうことです」

「どうもこうもねぇさ。通りかかったら、この野郎が土塀を乗り越えてくるなり、なにをトチ狂いやがったか匕首でつっかかってきやがったんでな。とっさに斬り捨てたまでよ」

　懐紙で刀の血糊(ちのり)をぬぐうと、じろりと常吉を見すえた。

「今月は南の月番だ。この死骸の始末はおれがつける。……それでいいな」

「へ、へい……」

第七章　逆　襲

一

暮れ六つをすぎたころであった。

平蔵が夕食の雑炊にいれる残り物の野菜を包丁でザク切りにしていたとき、本所の常吉の使いが息せききって飛びこんできた。

茂庭十内が弥勒寺の境内で弥造に刺されたのだという。

「なに、十内どのが……」

まさかと平蔵は耳をうたがった。茂庭十内は血なまぐさい刃傷沙汰からはおよそ縁遠い人物である。

使いの者によると、十内はお甲といっしょに墓参をしていたところを襲われたらしいという。

――さては……。

平蔵はすぐにピンときた。おそらく狙われたのは十内ではなく、お甲のほうだ。

使いの者に薬箱をもたせ、米沢町にある十内の自宅に急いだ。

十内の家には斧田同心や常吉もつめかけていたが、話は後まわしにして、お甲の案内で奥の間に寝ていた茂庭十内の傷をあらためた。

どうやら弥勒寺の僧侶がしっかりと血止めの包帯をしてくれたらしく、出血はおさまってきていた。

傷口は右の脇腹を三寸ほど匕首（あいくち）がかすめたもので、肋骨をすこし削っていたが、さいわい肺ノ臓を傷つけるほど深くはなかった。

弥造が使った匕首は刃（やいば）が研ぎ澄まされていたらしく、傷口は剃刀（かみそり）で切ったようにきれいだった。

切れ味の悪い鈍刀（なまくら）で斬られると傷口の断面がつぶれるため、ふさがりにくくなる。そういう意味では運がよかったということになる。

「これならば十日ほどで傷口はふさがりましょう」

平蔵は手早く焼酎で薄桃色の傷口を洗い、針と糸で五ヶ所を縫合した。

刀傷は傷口が癒着するまでが勝負である。縫合しておかないと寝返りを打ったとき傷口が破れないともかぎらない。

斬られて間もないときは神経が麻痺しているため、針で縫っても痛みはほとんど感じないものだ。お甲は縫合が見ていられなくなったのか、途中で両手で顔を覆って部屋を出ていったが、十内は眉ひとつ動かさず平蔵の治療を見つめていた。

「年はとりたくないものですな。十内はあんな破落戸（ごろつき）に毛のはえたような男、もう十年も若ければ手捕りにしてくれたものを……」

自嘲するように嗤（わら）った。

「なんの、お甲を傘ひとつで守られただけでも見あげたものです」

縫合した傷口の血糊（ちのり）を焼酎で丹念にぬぐい、金創膏を塗って晒（さら）しでしっかりと包帯をした。

「今夜はそれがしが隣室におりますゆえ、安心してゆるりと休まれるがよい。朝になれば、いくらからくになりましょう」

「面倒をおかけして申しわけござらん」

茂庭十内はめずらしく堅苦しい武家言葉になって礼を述べた。

出血のせいだろう、顔は色艶がうせ、白くパサついて見える。

無理もない。武家の出とはいえ、六十路の老人が、匕首を手にした荒くれ者と闘い、手傷を負ったのである。ふつうなら傷の痛みを訴えるか、ぐったりして口もきけないところだろう。

それを手捕りにできなかったと悔しがる。

――この、おひとは……。

見た目の温厚さとはちがう剛気な一面をもっておられる、と平蔵は思った。

そばにいては寝つけまいと思い、静かに座を立って廊下に出ると、お甲が廊下にすわっていた。

「神谷さま……」

お甲は腰をうかせ、すがりつくような目で見上げた。

「案ずるな。かすり傷というわけにはいかんが、命にかかわるような深手ではない。ただし刀傷のあとは高熱を発することがあるゆえ、今夜はここに泊めてもらうが、よいかな」

「ええ、もう、そうしていただければ……」

お甲はホッとしたように安堵の表情をうかべた。

「ここには旦那さまのほかには、あたしと住み込みの婆やがいるだけですから、泊まっていただけるなら何日でも……」

「そうもいかんが……」

平蔵はふっと声をひそめて尋ねた。

「ところで、ご妻女の姿が見えぬが、お留守なのか」

「え……」

お甲はまじまじと平蔵を見返した。

「ご存じなかったんですか。奥さまは二十年ほど前に亡くなられたと聞きましたけれど……」

「そうだったのか……いや、知らなんだ」

茂庭十内は大身旗本の跡継ぎに生まれたが、若いころ、町方の女に惚れ、父親が頑として許さなかったため、家督をあっさり弟にゆずり、武家身分を捨てて市井に生きる道をえらんだ。そのことは聞いていたが、私生活については平蔵もあえて聞こうとしなかったし、十内もまた語ろうとしなかった。

家を捨ててまでつかみとった幸せも長くはつづかなかったらしい。

温顔の裏に愛妻を失った寂寞を封印し、淡々とひとに接してきた茂庭十内の心中を思い、平蔵は胸をうたれた。

お甲といっしょに斧田や常吉がつめている別室に入った。

「おお、どうだった。十内どのの容態は……」

斧田が食いつきそうな目を向けた。

「傷は浅手だ。年が年だけに予断は許さんが、まず心配はなかろう」

平蔵はどっかとあぐらをかいてすわりこむと、斧田に厳しい目をそそいだ。

「いったい、どうしてこんなことになったんだ」

「逆襲だよ、百蔵の……」

斧田がいまいましげに口をひんまげた。

「ま、窮鼠(きゅうそ)猫を嚙(か)むというやつかも知れぬな」

「ちっ。弥造などというチンピラに嚙みつかれるとは、天下の八丁堀もだらしなくなったもんだ」

じろりと斧田をにらみつけ、

「で、弥造はどうした。お縄にしたのか」

「いや……それが、な」

斧田はわざとらしい空咳(からぜき)をして天井を見上げ、溜息をひとつついた。

「弥造のやつは、青木が斬っちまいやがったのよ」

「なに、南の定廻り同心の青木仙次郎、か」

「ああ……」

平蔵、言葉を失った。

二

もう九つ（零時）はすぎているだろう。

茂庭十内はこんこんと眠りつづけていた。

その老顔を見ているうち、平蔵は慚愧（ざんき）の念にたえられなくなった。

狙われたのはお甲にちがいないが、もとはといえば平蔵が橋むこうの露店市を見にいこうとしたことから発したできごとである。

いわばお甲も十内も、とばっちりをうけたようなものだ。

茂庭十内に万が一のことがあったら、それこそ悔やんでも悔やみきれないところだった。

茂庭十内とのつきあいは料理屋の主人と客との仲にすぎないとはいえ、いつの間にか平蔵は十内に肉親のような情愛を感じはじめていた。

十内の人柄のせいもあったが、早くに父親を亡くし、長じては養父をも失った平蔵は、ときおり湯屋で見かける老爺にも妙になつかしさをおぼえる。脂っ気がなくなって皺（しわ）のよった手足や顔に刻まれた年輪が、愛（いと）しく感じられてならないのだ。

茂庭十内は初手に会ったときから、平蔵の身を案じてくれた。

女との出会いは雷に打たれたような衝撃で始まることがあるが、男と男の交情はいきなり訪れるのではなく、時を重ねることで深まるもののような気がする。

平蔵にとって、いまや茂庭十内はかけがえのない存在になっている。

ふたりを襲った弥造の背後で糸を引いているのは、まぎれもなく越前屋の百蔵だろう。

お甲を弥造に襲わせたのは、生き証人の口を封じようとしたのだろうと斧田は言っていた。たしかに、それもあるだろうが、百蔵のような悪の世界に生きる男にとっては顔役としての面目の保持、おのれに歯向かう者への見せしめ、脅しという意志が多分にあるような気がしてならなかった。

――おのれ！　許せぬ。

「神谷さま……」

かすかな声が呼びかけた。

いつの間に目覚めたのか、十内が柔和な眼ざしを投げかけていた。

「おお」

平蔵はにじりよって額に手をあてた。

「さいわい熱も出なかったようで、なによりですな」

額にあてた平蔵の手を、十内はつかみ寄せた。

「ぜひにも聞いていただきたいことがござる」

十内は声を落としてささやきかけた。

「うむ。……なんなりと」

「されば……」

十内は乾いた唇を舌の先でしめしながら、長年、胸につかえていたものを押しだすように語りはじめた。

「恥をしのんで申しあげるが、お甲は……わが娘にござる」

「なんと……」

これには、平蔵もおどろいて、十内を見つめた。

「わたしは二十六のとき、若気のいたりで櫓下(やぐらした)で羽織芸者をしていた菊代という
おなごに血道をあげましてな。……どうでも妻(めと)に娶りたいと意地を張りとおし、

家督を弟にゆずって、屋敷を出ましたのじゃ」

「………」

「屋敷を出るとき、母からこっそりもらった金を元手に売りに出ていた茶屋を買い取り、菊代とふたりで味楽をはじめました。さいわい知人の引きたてもあって、七、八年たつうち幾分ゆとりもできてきましたのでな、店にも何人かおなごを置けるようになりました」

茂庭十内は昔をなつかしむように語りついだ。

「そのうち、家の台所女中に雇ったのがお照という娘でした。上州の百姓の娘でしたが、これがまめまめしくよく働くおなごでして、菊代もたいそうよろこんでおりました。……なにせ、菊代は二八（十六）の年から櫓下に出ておりましたゆえ、水仕事にはとんと不調法なおなごでしたからな」

十内の眉がふっと曇った。

「ところが好事魔多しとはよく言ったもので、菊代が労咳にかかりましたのじゃ。……さよう、わたしが三十九のときでしたから、もう二十二年前になりますかな。医者から一年はもつまいと言われたときは目の前が真っ暗になりましたよ」

労咳（肺結核）は不治の病いである。

十内の落胆は痛いようにわかる。

「そんな妻の面倒を、最期までお照はよう看てくれました」

ふっと目をとじた十内の唇がかすかにふるえた。

「わたしは妻が亡くなって生きる張り合いをなくし、店にも出ずに酒ばかり食らっておりましたが、そのうち、つい、お照に手をだしてしもうたのでござるよ」

自責の念からであろう、ぎゅっと閉じた十内の瞼が鋭くふるえた。

「胸にぽっかりと空洞のようにあいた穴を埋めるようにお照にのめりこみ、後妻にと望みましたが、お照は聞きませなんだ。……死んだ家内にすまぬと申しましてな」

「…………」

「それから、ひと月あまりたったころでした。お照は行く先も告げずに、ここを出ていきましたのじゃ」

茂庭十内がふたたびお照を見たのは、それから三年後、日本橋筋の堺屋という呉服屋の前だった。

そのときお照は大きな風呂敷包みをかかえ、幼い娘の手を引いて店から出てくるところだった。

　十内が声をかけるとお照はおどろいたものの、きちんと挨拶をした。

　あれから間もなく世話する人があって貞吉という大工に嫁いだが、貞吉は一年半ほど前に作事場で倒れてきた材木の下敷きになって死んだという。

　お甲は貞吉とのあいだに生まれた子で三つになると、お照は言った。

　さいわいお照は針仕事ができたから、堺屋から縫い物をたのまれるので、親子二人の暮らしには困っていないと言った。

「お甲をひと目見たとき、もしやと思いました」

　貞吉とのあいだにできた子だと断ったお照の口調に、どこかわざとらしいものを感じたということもあったが、それよりも血肉をわけたものだけがもつ、直感のようなものだった。

　十内は以前から堺屋の主人とは懇意にしている間柄だった。そこで、ひそかに調べてもらったところ、お照は貞吉と所帯をもって数ヶ月でお甲を産んだということがわかった。

　しかも、お照が住んでいた相生町の裏長屋の隣人だった左官の職人が、お照と貞吉は見合いでいっしょになったというから、祝言をあげる前に身ごもるようなことはなかったはずだと断言した。

産み月から逆算してみると、お照が身ごもったのは十内のところにいたときということになる。

——お甲は、わが娘……。

お照を訪ねた茂庭十内は確信をいだいて事実をつきとめようとしたが、お照は頑として認めなかった。

「身ごもったのが、だれの子かは、産んだわたくしがいちばんよく知っております」

そう言い張ってきかなかった。

「しょせんは水掛け論です。そう言われてしまうと男にはどうしようもありませぬ」

あきらめた十内は堺屋にわけを話して金をあずけ、お照の仕立て賃をすこしずつ上げてもらうことで二人の暮らしを陰ながら援助するしかなかった。

それから十年余がすぎ、堺屋の主人から、お照が目を患い、針仕事ができなくなったため、娘のお甲が通いの奉公先を探していると聞かされた。

茂庭十内は堺屋の主人に、お照にはないしょで、お甲を味楽によこすよう計らってほしいとたのんだのである。

「お甲が味楽で働くようになったことは、お照もうすうす知っていたような気がしますが、病いにかかって気も弱ったのか、お甲の行く末が案じられたためか、そのことでお甲にとやかく言うようなことはなかったようです」

「…………」

「おかげでわたしは思いもよらず、日々、娘の顔を見てすごせるようになりましたのじゃ」

そこまで語りついだ十内は腕をのばし、ぎゅっと平蔵の手をにぎりしめた。

すがりつくように瞬きもせず、平蔵を見つめた。

「神谷さま……」

「今日、わたしはおのれが年とったことを思い知らされました。とっさに傘で刃物を払いのけたものの、もし、あのとき助けが来てくれなかったら、お甲を守りきれたかどうか……」

「十内どの……」

「お願いというのは、そのことでござる。わたしの身になにかあったときは、お甲のことをよろしくたのみいる」

　十内は居間のすみに置かれた杉の柾目(まさめ)を研ぎだした文箱(ふばこ)を指さした。

「あのなかに、この家も、店も、わたしのものはすべて、お甲に残すと記した文がござる。それを、あれに渡してやってもらいたいのじゃ。それが、わが娘にできるせめてもの償い……また、お照への詫びにござる」

「しかし、そのような大事、それがしでよいのかな」

　平蔵、いささかためらった。

「なんの、神谷さまを見込んでのことにござる」

　十内は迷いない笑みを返した。

「承知つかまつった」

　平蔵はおおきくうなずいて十内の手を握りかえした。

「なれど、それがしの看(み)たところ、十内どのはまだまだ壮健。あと十年、いや二十年は……」

「ほう、神谷さまは、いつから人の寿命を看るようになられたのかな」

「い、いや……これは」

「ふふ、ふ……これで、なにやら肩の重荷がとれたような」

十内はかすかに笑うと、気がらくになったのか、とろとろとまどろみはじめた。

平蔵は静かに十内の手を放すと、座を立った。


廊下に出た平蔵は咽(のど)の渇(かわ)きをおぼえ、台所に向かった。

お甲が台所の懸け行灯(あんどん)の淡い火影(ほかげ)の下にうずくまっていた。

泣いているらしく、肩がふるえていた。

「お甲……」

声をかけると、お甲が弾かれたように顔をあげた。

「聞いたのだな。十内どのの話を……」

お甲はまっすぐに平蔵の胸に飛びこんでくると、泣きじゃくった。

「どうして……どうして、いままで……わたし、わたし、なにも知らずに……知っていたら、わたし」

「お甲、ひとにはな、言いたくても言えぬことがある。おまえの母者(ははじゃ)も、十内どのも、それぞれつらかったのだ」

平蔵はいたわるようにお甲を抱いてやった。

「いまは、なにも言わなくてもいい。ただ、十内どのは気が弱っておられる。せいぜいやさしくしてあげることだな」

平蔵の胸のなかで、お甲が小娘のように素直にこっくりとうなずいてみせた。

「よしよし、それでいい。それで……」

両国橋の上で平蔵の腕をかいこんで、「ほんの道行きのまねごと……」などと戯れた女とは別人のようなしおらしさだった。

お甲の髪に一分二朱で買ってやった銀の簪がさしてある。

髪油の匂いが白粉の甘い香料と入りまじって平蔵の鼻孔をくすぐる。

あの夜、お甲はふれなば落ちん風情だった。

――ほんのまねごと、ですんでよかったな……。

平蔵、ふっと苦笑いした。

三

「水臭いではないか……」

矢部伝八郎がうどんをズルズルッとすすりこんで息まいた。

「おれも味楽の常連だぞ。十内どのも、お甲もまんざら縁がないわけではない。

そんな物騒なことがあったのか、ああそうか、ですまされると思うか。ん？」

　ぎょろりと目をすくいあげると、丼の汁を馬のように勢いよく飲みほした。

「わかった、わかった。ま、そうむくれるな」

　こういうとき、伝八郎の矛先をそらすには一杯飲ませるか、食い物をあてがうにかぎるが、一杯飲るにはちと時刻が早すぎる。

「おい、親爺。こいつにおかわりをひとつ、早いところ頼む」

　うどん屋の親爺に目配せした。

「へい、毎度ありぃ」

　親爺も顔馴染みだけに心得たもので、にたりと片目をつぶると、威勢よくうどん玉を釜の湯にほうりこんだ。

　十内の傷は順調にふさがりかけ、あとは包帯を替えるだけですむようになったのでお甲にまかせることにして、三日ぶりに小網町の道場に顔をだした。

　今後のこともある。道場の共同経営者でもある剣友のふたりには一件のことを話しておかなければなるまいと思ったからだ。

　あいにく、もうひとりの相棒の井手甚内は磐根藩江戸屋敷の出稽古で留守だった。

ちょうど昼時でもあり、伝八郎を近くのうどん屋にさそって一件のことを話したら咬みつかれたのだ。

「うどんの一杯や二杯ぐらいではごまかされんぞ。おれにも一口乗せろ」

伝八郎は不服そうに口をとがらせた。

切った張ったの刃傷沙汰だというのに、まるで無尽講（むじんこう）の仲間に入りそこねたような口ぶりだ。

「わかった、わかった。きさまを仲間はずれにしたつもりじゃないが、なにせ、相手は本所深川界隈を牛耳っておる化け物みたいな悪党だ。下手にかかわろうものなら、いつ闇討ちをかけられるか知れたもんじゃないからな」

「だからどうだというんだ。きさまとはこれまでも数えきれんほど修羅場をくぐってきた仲ではないか。いまさら置いてけ堀はなかろう」

伝八郎、不満たらたら頬をふくらませた。

「しかし、な。きさまは秋にも奈津どのと祝言をあげようという大事な身ではないか。きさまに何かあったら、奈津どのに恨まれかねん。圭之介の手前もあるしな」

「ばかをいえ。奈津どのも武士の娘だ。竹馬の友の助太刀を買って出たからといって、ごちゃごちゃいうようなヤワなおなごではないぞ。圭之介にしてからが、万一のときには喜んで助っ人を買って出るはずだ」

伝八郎がドンと胸をたたいて、惚気(のろけ)まじりに威張ってみせたところにおかわりのうどんが運ばれてきた。

伝八郎、たちまち湯気が立ちのぼる丼にとりついた。

「それにだ。むこうは神谷がてこずるほどの腕ききを刺客に飼っているようなやつだ。しかも南の同心や御用聞きまで手なずけておるというではないか」

「う、うむ……」

「ことと次第によっては、圭之介はもちろん井手さんの手まで借りることにもなりかねんだろうが。ええ？……きさま、ひとりでかかえこもうとするな」

伝八郎の言にも一理ある。

「たしかにな……」

「だろう。だいたい、きさまは昔からひとりで暴走する癖がある。おなごは勝手につくっても一向にかまわんが、喧嘩は勝手にやるな。きさまになにかあったら、おれも困る。道場も困る。病人も困るだろうが」

めずらしく伝八郎は理詰め、情がらみで責めたてた。

理はともかく、伝八郎の一本気の情は平蔵の胸にどすんとこたえた。

「わかった。……わかったから、とにかくうどんを食え。のびてしまうぞ」

「ん？　おお、そうか……」

丼をかかえこみ、目をしゃくりあげた。

「で、どんなやつなんだ。その般若(はんにゃ)の百蔵とかいう化け物は……」

ひょっとこのように口をとんがらせ、アツアツのうどんを吹き冷ましながら、問いかけてきた。

「それがとんとわからんのだ。なにせ、斧田さんと常吉から話を聞いただけでな。やつの顔を見たこともないから始末が悪い」

「なにぃ……」

うどんをズルズルッとすすりかけた伝八郎、丼から鎌首をもたげた。

「おい。敵を知らずして戦いに勝てると思うか。いかんなあ、いかん、いかん。そりゃまずいぞ、神谷」

「うむ。たしかに、な……」

きょうの伝八郎、いいことを言う。

「ならば、化け物の面(つら)の見物にくりだすか。どうだ、つきあわんか」

伝八郎、わが意をえたりと言わんばかりにニヤリとした。

「おお、それよ。そうこなくちゃおもしろくない」

四

まだ宵の口だというのに、街には華やかな灯り(あか)があふれていた。

ここ永代寺の門前通り一帯は櫓下(やぐらした)とよばれ、昼夜の境目がないかのように賑わう江戸でも指折りの花街である。

櫓下の呼び名のもとは、永代寺門前にそびえる火の見櫓で、江戸の名物のひとつにもなっている。

寺社の門前町はどこでもそうだが、参詣者相手の飲食店が密集する。酒を出す店がふえると酌取り女もふえる。茶屋は運び女を置いて客を呼びこむ。

女たちは客のもとめに応じ、出合い茶屋に出向いて躰を売るようになる。

そのうち出合い茶屋でも娼婦をかかえるようになる。湯屋では湯女(ゆな)を置いて客に色を売る。

幕府は吉原遊郭以外での売春を禁止していたが、吉原は場所が不便だし、遊興費も高いから、あちこちで隠れ売春が盛んになった。

莫蓙をかついで土手や舫い舟のなかで躰を売る夜鷹のような単独の売春から、茶屋女と客との交渉で成立する売春もあれば、出合い茶屋や舟宿が娼婦をかかえて客に斡旋する売春宿など、さまざまな隠れ売春がある。

いくら禁止したところで、わが身を売っても稼ぎたいという女や、食うためなら女房や娘を売るしかないという者がいるかぎり、売春を根絶やしにすることなどできるものではなかった。

櫓下でも昼六百文、夜四百文の、ちょんの間遊びの客を相手にする安価な四六見世から、酒に酔ったふりをして座敷着のまま客に抱かれる「つっぷし芸者」などという趣向をこらした遊びを売り物にする料理屋までできた。

いつの間にか深川は火の見櫓に虫がたかるように、一刻半刻の歓楽をもとめる男たちが昼夜の別なくいそいそと足をはこんでくる歓楽街になった。


七つ半（午後五時）を少しすぎたころである。

平蔵と伝八郎は、越前屋の百蔵の顔をよく知っている下っ引きの留松をつれて櫓下に足を踏みいれた。

百蔵は毎日のように六つ（午後六時）ごろ櫓下を見てまわるという。

平蔵たちは門前通りの居酒屋に入った。

通りに面した格子窓の側に席をとり、酒と肴をたのんだ。

このあたりは海に近いため生きのいい魚を出すと留松が言ったとおり、今朝とれたというキスの風干しと赤貝の酢の物がはこばれてきた。

黄昏の街を座敷のかかった辰巳芸者が左褄をとって料理茶屋に向かう姿がなんとも婀娜っぽい。

辰巳芸者は羽織を着たまま宴席に出ることから羽織芸者とよばれているが、粋は神田、婀娜は深川といわれるのも道理、黒っぽい羽織に裾模様の着物、裾から赤い蹴出しがちらつくのは、見ているだけでゾクッとくるほどだった。

「なあ、神谷。ああいう色っぽい姐さんを見ると昔を思いだすなぁ」

伝八郎がキスの風干しを口にほうりこんで述懐した。

「ちっ、ジジむさいことを言うな。つい四、五年前まで、ちょくちょくこのあたりに通っておったろうが」

平蔵にあっさりいなされ、

「そりゃ、おまえのことだろう」

伝八郎はムキになって反論した。

「そのころ、おれは剣一筋だったからのう。櫓下などには一歩も足を踏みいれておらんぞ」

「なにが剣一筋だ。きさまは女に血のぼせてコレ一筋だったじゃないか」

平蔵、ひょいと赤貝の酢の物を箸でつまんだ。

「ぐふっ……」

二人のやりとりを聞いていた留松が思わず吹きだした。

「赤貝の湯がき二度目の客が食う……このあたりの切見世の女は一晩で二人や三人、平気で廻しを取りますからね。アツくなるとばか見ますぜ」

「ん？　なんだ、その湯がきとは……」

「野暮なことを聞くな。初手の赤貝はナマで食わせるが、あとは湯がいて客に出すのさ」

「へへへ、尻で書くのの字そこらが白うるしとも言いますからね。二番手もまんざら捨てたもんじゃござんせんよ」

ニヤリと片目をつぶってみせた留松が格子窓の外を見て声をひそめた。

「旦那。どうやら百蔵のお出ましですぜ」

「お、来たか……」

平蔵も、伝八郎も窓格子に目をくっつけて通りを見た。

永代寺の火の見櫓のほうから、白髪の老人が数人の屈強な男たちに囲まれてやってくる。

「あれか……」

「なんだ、爺ぃじゃないか……」

伝八郎が拍子ぬけしたような声をあげた。

「途方もない化け物だというから、どんな物騒な野郎かと思ったら、ただのちんけな年寄りじゃないか」

「しっ！　声に気をつけてくださいよ」

留松が肩をすくめて店内を見渡した。

「このあたりはやつのシマうちですからね」

「おい、取り巻きのなかに二本差しがひとりいるな」

平蔵は百蔵の左側にいる着流しの浪人に目をつけた。

「あれが、用心棒の室井棋八郎か」

「へい……」

「おい、伝八郎。百蔵の右にへばりついてやがるのが常盤町の長七とかいう御用聞きだ。顔をよく拝んでおけ」

「ほう、般若一家の三羽烏が揃い踏みときたか。こいつはおもしろい」

伝八郎、ニヤリと笑みをうかべ、腰をあげた。

「神谷。ちょいと百蔵親分に仁義を切っておこうじゃないか」

「そうさな、やられっぱなしというのはどうも性にあわん。ただし、ほどほどにしておけよ」

「わかっておる」

「ちょ、ちょっと旦那！　もめごとはご免ですぜ」

留松が泡を食ったが、

「いいから、おまえはここにいろ」

平蔵は引け腰の留松をなだめ、伝八郎のあとを追って店を出た。

じっと手をこまねいているより、むこうから仕掛けてくるように仕向けたほうが早くケリをつけられる。

――出たとこ勝負だな……。

平蔵は腹をくくった。

喧嘩は先手必勝、いずれはカタをつけなくてはならない相手なら、こっちから呼び水をさしてやろうと思ったのである。

懐手をした偉丈夫の伝八郎が通りにぬっとあらわれたのを見て、百蔵の足がぴたりと止まった。

皺でたるみかけた瞼の奥から狡猾そうな目が伝八郎を見、平蔵を見た。

かたわらの長七が険しい表情で、なにごとか百蔵にささやきかけている。

伝八郎は往来のどまんなかにつっ立ったまま、平蔵をふりむくと、ひょいと片目をつぶってみせた。

「おい、神谷。どうやら深川じゃ、御用聞きが化け物のお供をするらしいの」

伝八郎の地声はでかい。ないしょ話でも十間四方に筒抜けという厄介な声だ。

みるみるうちに百蔵の顔が怒気に染まった。年のせいか赤くならずに灰色に変色した。腰巾着の長七が忠義面して、しきりに百蔵をなだめている。

「気をつけたほうがいいぞ、伝八郎。なにせ、相手は般若のモンモンをおんぶしたおっかない化け物だ。下手すると食いつかれるかも知れんて」

「なに、食いついてくるぐらい生きがよけりゃ、浅草あたりの見世物小屋に出して見物料を稼ぐところだが、よれよれの爺ぃじゃ一文にもならんな」

往来に物見高い人垣ができてきた。

我慢の糸が切れたらしく、長七が十手をちらつかせて近づいてきた。

「おい、サンピン！　つまらねぇオダをあげてやがると番所にしょっぴくぞ」

「ほう、サンピンときたか。ものを知らんやつが十手をひけらかすようじゃ、世も末だな」

「なんだと……」

「いいか、サンピンというのは給金が年に三両一分の若党のことだ。おれの実入(みい)りは月に五両はくだらん。年に六十両にはなる。きさまに十手をあずけている同心よりずんといい。おぼえておくんだな」

――伝八郎め、磐根藩の出稽古料まで上積みして威張ってやがる……。

平蔵、おかしくなったが、長七はますます頭に血がのぼったらしい。

「野郎！　言わせておけばいい気になりやがって、お縄を食らいたいのか」

肩を怒らせ、にらみつけたものの、なにしろ伝八郎は身の丈五尺八寸、脅しているほうが脅されているように見える。

伝八郎、懐手のまま悠々と長七を見おろした。

「こっちは天下の往来で仲間と噂話をしていただけだ。それでしょっぴけるものなら、しょっぴいてもらおうか」

「なにぃ……」

「おい。断っておくが、おれの兄者は北町の隠密廻り同心だ。弟が番所にしょっぴかれたとなると、数寄屋橋の役所から素っ飛んでくるだろうな」

「ううっ!?」

途端に長七の顔色が赤から青に変わった。

啖呵は伝八郎にまかせておいて、平蔵はじっくりと百蔵と室井棋八郎を観察した。

百蔵は険しい表情でなりゆきを見守っていたが、室井棋八郎のほうは一向に動じるようすがない。

相当に修羅場を踏んできた男だなと平蔵はみた。

伝八郎はいよいよ調子馬に乗って、よけいな啖呵まで切ってくれた。

「ものはついでに教えておいてやるが、この相棒の兄者も公儀御目付をつとめておられる。……さてと、どうするね。常盤町の親分さんよ」

顔はへらへら笑っているが、伝八郎の啖呵には御用聞き風情などはションベンをちびりかねないほどの凄味がある。

「や、やろう……」

長七がどうにも引っこみがつかなくなったときを待っていたように、

「おい、長七。そのへんでやめておくんだな」

人垣を割って龍紋裏に三つ紋付きの巻き羽織、一目で八丁堀とわかる長身の侍がのそりとあらわれた。

「あ……青木の旦那」

長七はホッとしたような顔になったが、

「ばかやろう。むやみと十手をちらつかせるなと言っておいたろうが」

青木は長七を一喝しておいて、伝八郎をじろりと見やった。

「ふふふ、北の隠密廻りの弟に暴れ者の剣術遣いがいると聞いたが、どうやら貴公のことらしいな」

十手で肩をポンポンとたたきながら嘲笑した。

「おれは南の青木仙次郎という定廻りだ。見知っておいてもらおうか」

「ははぁ、あんたが泣く子も黙る鬼同心の青木仙次郎か。……般若と鬼が御用聞きを手なずけて本所深川を食いものにしようって寸法かね」

「なんだと……」

「ははは、なぁに噂だよ。噂。そうムキになりなさんな。ムキになりゃなるほど噂はほんものかと疑いたくなる」

伝八郎、涼しい顔でさつい一発をかました。

「そっちに名乗られたんじゃ、こっちもきちんと挨拶せんわけにはいかんな。おれの名は矢部伝八郎、そっちの相棒は神谷平蔵。先刻ご承知だろうが、小網町で剣道場をひらいておるゆえ、躰がなまったら、いつでも参るがよい。たっぷりもんでさしあげる。はっはっはっ」

人を食ったような高笑いをして、くるりと平蔵に向きなおった。

「さてと、神谷。櫓下など人が言うほどおもしろくもない。ショバをかえて飲みなおすとするか」

「よかろう」

いまにも爆発しそうな青木仙次郎を尻目にふたりは悠悠と引きあげた。

去りぎわに百蔵のほうを見ると、百蔵の表情からは怒気が影をひそめ、かわりに奇妙なうすら笑いが口辺にうかんでいた。

いかにも一癖ありげな、うすら笑いだった。

五

冷や汗をかいていた留松に案内賃をやって帰したあと、ふたりは小網町の居酒屋で飲みなおすことにした。

「いや、痛快、痛快！　ひさしぶりに胸がすっとしたぞ」

伝八郎は太平楽に笑いとばし、

「さてと、これから、奴らがどう出てくるかだな」

「このままおとなしくしているような連中じゃない。青木仙次郎はかりにも南の定廻り同心だからめったなこともできまいが、百蔵はかならず仕掛けてくる」

そう言うと、平蔵はぐいと盃を飲みほした。

「きさまが気持ちよく啖呵をぶちあげているときの、やつの目といったらなかったぞ。ありゃ、まさしく般若の目だな」

「おい、般若は女だろうが」

「そうさ。女の憎悪怨恨は男とはくらべものにならんほど根深いと昔から相場はきまっている。百蔵というやつは女衒（ぜげん）をやっていたというだけに、根性は女みたいにしぶといとみた。……おおかた自分じゃ手は出さず、人を使って仕掛けてくるだろうよ」

「刺客、か……」

「うむ。きさまも当分夜道には気をつけろ。いつバッサリ来るか知れんぞ」

「ふふふ、いっそのこと般若の面でもつけて、人気のない夜道を歩きまわって刺客をおびきだしてみるか」

「ふざけるのもいい加減にしろ。能面なんぞつけてみろ。鬼ごっこで目隠しされたようなもんだ。あんなものをかぶって夜道をうろついたら、石に蹴つまずいて川におっこちるのがオチだぞ」

「ふふふ、鬼ごっこといえば、このあいだ門弟どもが帰ったあと、道場で奈津どのと鬼ごっこをしてみたんだが、おもしろかったぞ」

「なにぃ……」

「おれが鬼になってな。手ぬぐいで目隠しをすると、奈津どのが鬼さんこちら手の鳴るほうへと手をたたく。おれが手探りで奈津どのを追いかける。……いや、なかなか乙なもんだったな」

「ははん……」

「つかまえて奈津どのを抱きすくめると、笑いながら身をよじって逃げようとする。いや、その乙な気分といったらなかったな。ぐふふ、ふっ」

伝八郎、でれりぼうとニタついた。まるで五つか六つのガキみたいなところが伝八郎にはある。とてもじゃないが、つきあいきれない。

「おい。もしかしたら、おまえ、まだ奈津どのと初床をすませておらんのか」

「初床……」

「そうさ。いい年した男と女が鬼ごっこじゃ絵にもならん。ほかに、もっと楽しみかたがあるだろうが」

「ばかを言え。おれは祝言をすませるまでは奈津どのに一指たりともふれんつもりだ。それが男のけじめというやつよ」

「なにが男のけじめだ。きれいごとをぬかすな。……道場の裏手で奈津どのと口を吸いあったり、乳をいじったりしておるのは、どこのどいつかね」

「う、うう……そ、それは、だ」

「本音のところは奈津どのを抱きたくてウズウズしとるんじゃないのか」

「お、おい……」

「無理すんなよ、伝八郎。もう祝言をあげることはきまっとるんだ。だれに憚ることがある。ん?……奈津どのだって心待ちにしておるかも知れんぞ。おなごというのは、祝言がきまったら男に抱かれて安心するものだぞ」

「そうかのう……」

けじめがどうのこうのとえらそうな口をたたいたものの、本音は見えている。女好きのくせに、惚れた女には弱いだけのことだ。

「いいから鬼ごっこなどでごまかさず、エイヤッと抱いてしまえ」

「う、ううーん。……だがのう。そういう淫らなことをしかけては奈津どのに嫌われやせんか」

「ちっ。なにをガキみたいなことを言ってるんだ。神代(かみよ)の昔から男と女がすることはひとつときまっておる。古事記にもあるだろうが。……成り成りて成りあわざるところに、成り成りて成りあまれるところをもって刺し塞ぐ、これだよ」

「なんだ。その、なりなり……なんとかとかというのは」

「あん? きさま、学塾で古事記の講義をうけとらんのか」

「すまん。古事記の講義は退屈でいつも寝ちょったからな」

「まぁいい。ともかくだ。きさまが股倉にぶらさげとるむさい代物は、ただションベンするだけの道具かね」

「ん？」

「ただションベンするだけなら、そんなものは無用だ。おなごはそんな代物はなくてもションベンにはこと欠かんからな。……いわば男の一物は、いざ鎌倉というときに使う鉾（ほこ）だろうが」

「ははぁ、鉾とはうまいことを言うのう」

「いいか、成り成りて成りあまれるのが男の一物。おなごの躰はその鉾をおさめるための鞘をもっておる。それが、成り成りて成りあわざるところよ」

「ううむ。女のあれは、鞘か。さすが医者だけに言うことがちがうの」

「古事記にはな、男女の営みとはいかなるものかが、くわしく記されているから一度じっくり読んでみろ。……男女の営みを淫らなどとぬかすのは、おのれが年とってものの役にたたなくなった連中のねたみ、ひがみのたぐいだ」

「ううむ。そう言えば、たしかにこうるさいことを言うのは、爺さんや婆さんだからの」

妙に感心したところをみると、どうやら伝八郎の身辺には口うるさい爺さん婆さんがいるらしい。

古事記の講義はそれくらいにして、早々に引きあげることにした。

帰りに茂庭十内のようすを看(み)によろうかとも思ったが、十内の傷は膿(う)むこともなく順調に回復してきている。

日々の包帯の替えも、もうお甲まかせにしてある。

まだ親子の名乗りはあげていないようだが、お甲はいそいそと十内の世話をしている。十内もそれがうれしくてたまらないらしい。

あとは、ほうっておいても肉親の情が自然にわいてくるだろう。

なまじ顔をださないほうがいい。よらずに帰ることにした。

六

平蔵は小舟町から掘り割り沿いに左に折れ、伊勢町のほうに向かいながら、さっきから胸の奥にちいさな棘(とげ)のようなものが引っかかるのを感じていた。

それは平蔵たちが櫓下を引きあげるとき、百蔵が投げかけた奇妙なうすら笑いがもたらしたものだった。

あれは負け犬の笑いではなく、腹に一物をひめた嘲笑に近いものだった。

いうなれば、獲物に忍びよろうとしている狐の狡猾な笑みだった。

――油断できんな……。

気を引きしめたときである。

掘り割りに映る星空の鈍い光をよぎって、ふいに数人の男が突進してきた。

声も立てぬ、すばやい襲撃だった。繰りだす刃物が、不気味に鈍く光った。

抜きあわせる間もなく、平蔵は先頭の男の鋒(きつさき)を躰をよじってかわし、手刀で刃物をたたき落とした。

つんのめったやつを蹴倒して、刀を抜きはなつと、一人を峰打ちで地に這わせた。

峰を使ったのは匕首相手に刃を使うのもどうかとためらったからだ。

が、一団のなかに二本差しがまじっているとわかった瞬間、平蔵は躊躇(ちゆうちよ)なく刃を返した。

うしろで百蔵が糸を引いているのはまちがいなかった。

匕首を手にしている破落戸(ごろつき)は本所深川にはびこりつつある博徒のようだ。

上州あたりから流れてくる凶状もちの博打(ばくち)打ちや、島帰りの刺青者(いれずみもの)で、多くは無職渡世の命知らずである。修羅場にも馴れていて、白刃を恐れるようすは微塵もなかった。

刃の下をかいくぐり、飛びこみざまに鋭く匕首を繰りだしてくる。身をひねってそれをかわし、一人の首を斬りはねた。その血しぶきをものともせず、次の男がすばやい身ごなしで肉薄しては匕首を腰だめにしてつっこんでくる。

たかが破落戸とあなどるわけにはいかない不気味さをおぼえた。

襲撃は執拗で、かつ隙がなかった。匕首の肉薄の合間を縫って、雇われ浪人らしい二本差しが刀をふるって襲いかかる。

一人を抜き胴で倒し、一人の手首を斬り落とした。

返り血で平蔵の着衣も血みどろになった。次第に息があがってきた。

――酒のせいだ……。

こっちから挑発したようなものだが、まさか、これほど早く仕掛けてくるとは思わなかった。

――やるじゃないか、百蔵。

平蔵は闇のむこうで嘲笑(わら)っている百蔵の狡猾な笑みを見た。

猛然と闘志がみなぎってきた。

「来い！　皆殺しにしてくれる」

平蔵はまなじりを裂くと、逆襲に打って出た。

二本差しが、あと二人残っていた。そのなかに先夜の刺客はまじっていない。あの刺客が鵜沼玄士郎なら、おそらく数をたのんでの襲撃になど荷担しないだろう。こいつらは食いつめた無頼の浪人どもだ。

無頼浪人には命懸けで百蔵のために闘う根性などありはしない。流れ者の浪人とちがって、むしろ破落戸の博徒のほうが命懸けだろうと平蔵はみた。博徒は役人でも平気で殺害する凶悪な連中だ。

平蔵は二本差しの動きを目の端にとらえながら、匕首の男を狙っては斬り捨てていった。

平蔵の反撃に押されて、一団は伊勢町と瀬戸物町のあいだに架けられた橋のほうにじりじりと後退しはじめた。

ふだんは穏やかな伊勢町の掘り割り沿いが、血溜まりでぬかるみ、瀕死の男と死骸で地獄の様相を呈してきた。

ふいに鋭い呼子が鳴りひびき、堀留町の角から御用提灯の灯が駆けてくるのが見えた。御用提灯はひとつやふたつではなかった。

深追いは禁物とみた平蔵が懐紙で刀の血糊をぬぐおうとしたとき、五、六間先に倒れていた男が躍りあがると、匕首を手に禍まがしく歯をむきだして襲いかかってきた。とっさに平蔵は鋒で男の胸を刺し貫いた。

男はがくんと両膝を地面につき、胸を串刺しにした刃をつかんだが、やがてゆっくりと躰を傾けると、崩れるように血溜まりのなかに横倒しになった。

ぐいと刀を抜くと、刃をつかんだ男の両手の指がポロポロッと毛虫のようにこぼれ落ちた。

平蔵はおおきく肩で息をついた。敵の刃がかすめた袖や着衣の裾は、まるで襤褸のようだった。

あちこちがヒリヒリする。どうやら何ヶ所かは斬られたらしい。

「神谷どの！　大事なかったか……」

斧田同心が御用提灯を手に駆けつけてきた。

常吉も、留松もいた。

「八丁堀はいつも遅すぎるぞ」

平蔵は苦笑しながら刀の血糊をぬぐって鞘におさめた。

「すまん。木戸番が年寄りでな。知らせてくるのに手間どったのだ」

あたりの惨状を見渡し、斧田は目をひんむいた。

「それにしても、よくもこれだけ斬ったもんだな」

「しぶといやつらだった」

平蔵はふうっと吐息をついた。

「疲れたよ。これだけ頭数がいると人を斬るのも骨が折れる」

胸がむかむかしてきた。しゃがみこんで胃液を吐いた。

第八章　忘れられぬ女

一

神谷平蔵は咽（のど）の渇（かわ）きで目がさめた。
口の中が粘り、舌には苔（こけ）ができ、ひび割れている。
躰のふしぶしがかったるく、かすり傷がチクチク痛んだ。
全身が米俵でもしょったように重い。
長屋は森閑（しんかん）と静まりかえっている。
もう九つ（零時）か、九つ半（一時）か。
躰をよじって枕元に置いてある水差しがわりの土瓶に手をのばしかけたとき、
ふいに部屋のなかにひそむ人の気配を感じた。
「だれだ!?」

誰何し、刀に手をのばしかけたが、侵入者に敵意は微塵も感じられなかった。それればかりか、せまい室内にこもっている濃密な女体の匂いには、忘れられない記憶があった。

「おもん、だな……」

「よう、おわかりになりました」

すこしかすれた声がした。

なじるような言い方だが、声には情感がある。

裏の物干し場に面した戸障子に淡い夜空の明かりがうつっていた。

ひっそりと部屋のすみにすわっていた影がふわりと動き、平蔵の枕元に膝でにじりよってきた。

目の前に正座した厚みのある腿が女の肌のぬくもりを伝えてきた。

髪を無造作にうしろで束ねていたが、有明行灯の淡い灯りにうかびあがった白い顔は、まぎれもなく女忍び、おもんだった。

袖なしの濃い鼠色の袷に括り袴、腰に忍び刀を佩し、足に脛巾をつけ、黒足袋をはいている。

平蔵はむくりと起きあがり、布団の上にあぐらをかくと、土瓶の口から咽を鳴らして水を飲みながら問うた。

「いつ、来た……」

「もう、半刻（一時間）ほどになりましょうか……」

「なぜ、起こさなんだ」

「しみじみと寝顔を拝見したくなりましたゆえ」

「ちっ、これがしみじみ拝見するような面かね」

「一度でも情をかわした殿方はいとおしいものでございますよ」

「おもんらしくもないことを言う」

平蔵は苦笑した。

「忍びも情にひかれることがあるのか」

「おなごのからだは正直なものでございますゆえ、忘れようとしても、からだがおぼえておりまする」

「おれとても、そなたのことは忘れたことはない」

「無理をなされますな……」

おもんはからかうような眼ざしになった。

「うわごとで何度も口になされていたのは文乃さまのこと……縫さまのこと……

そうそう、それに、お品さんという名も口走られましたな」

「おれが、うわごとを……」

　平蔵、いささかあわてた。

「ついぞ、わたくしの名は出てまいりませなんだ」

「ん？」

「あまり憎らしいので、いっそ寝首をかいてさしあげようかと思いました」

「おいおい……」

「嘘でございますよ。嘘。ふふ、ふ、寝言どころか、まるで死んだように眠っていらっしゃいましたもの」

「こいつ……」

　平蔵は有明行灯をひきよせ、灯芯をかきおこし、あらためておもんの顔をしみじみと見た。

「すこしも変わっておらぬな」

「いえ、年のせいか、すこし肥えました……」

「なんの、ずんと女らしゅうなったように見える」

「おや、神谷さまらしくもないことを……」

おもんは目をすくいあげてにらんだ
「いつの間にやら、ずいぶんと、お口が上手になられましたな」
「おなごではずいぶんと苦労したからの」
「ま……」

二

おもんは黒鍬組(くろくわぐみ)の女忍びである。

黒鍬組は目付の支配下にあって、公儀御用の隠密として働く影の集団である。

ふだん、おもんは平蔵の親友の磐根藩側用人桑山佐十郎(くわやまさじゅうろう)がひいきにしている小網町の料理屋「真砂(まさご)」の女中頭をしているが、いざともなれば凄まじい戦闘力をみせる。

華奢(きゃしゃ)で、骨細に見えるが、そのしなやかな女体に強靭(きょうじん)な筋力がひめられていることを平蔵はよく知っている。

何度か、おもんに窮地を救われた。修羅の合間をぬい、たがいをむさぼりあうような切ない営みをもったこともある。

忍び装束をつけていても、むせかえるような熟れた女体の匂いがただよい、鼻孔をくすぐる。

おもんは発情すると全身が火のように熱を帯び、毛穴からみっしりと汗を噴出する。その汗が男の血を騒がせるのだ。

「おもん……」

つと手をのばし、おもんの腕をつかんで引きよせた。

あらがうこともなく、おもんは膝をくずし、平蔵の腕に身を投げかけてきた。

あぐらのなかにずしりと持ち重りのする女体を抱きとると、太腿の傷がずきんと疼いたが、おもんの弾むような臀のまろみが疼きを忘れさせてくれる。

「申せ。……ただ、おれの傷見舞いにきたわけではあるまい」

おもんは微笑し、かすかにうなずいた。

「雑物掛の同心の殺害を越前屋の百蔵に依頼した者がわかりました」

「まことか……」

「呉服町で骨董屋を営んでいる京屋の主人の茂平衛という男でしたよ」

「八品商の仲間だな」

「はい。仲間のなかでも古株で、これまで談合を牛耳ってきた男です。佐久間久助さまは雑物掛の筆頭同心になられてから、入れ札を望む者はだれでも参加できるように仕組みを変えられました」

「談合に待ったをかけたというわけだ」

「ご承知のように欠所物を売ったお金は奉行所の入費にあてられておりますゆえ、高く売ったほうが奉行所の懐がうるおいます。佐久間さまがなされたことは奉行所のためになることゆえ、八品商も文句のつけようがありませぬ。が、京屋たちは恨みを佐久間さまに向けたのです」

佐久間久助が雑物掛を仕切るようになってから、奉行所に入る金額が一年で三千四百両もふえたという。つまり、それだけ八品商が奉行所の上前をはねていたことになる。均等に割ったとすれば、一人頭ざっと四百二十両以上もの金が入らなくなった計算で、銭勘定に吝い商人としては我慢ならない欠損だった。

その憤懣が頂点に達したのが、日本橋の通三丁目にあった呉服問屋「淀屋」の入れ札だった。

淀屋は、千代田城大奥に莫大な賄賂を贈っていたことを咎められ、所払いを命じられた。この淀屋の店が北町奉行所の欠所物になっていたのである。

日本橋通りは江戸一番の繁華街だから商人にとっては垂涎の場所で、安いところでも一間間口で千両はくだらないといわれる。

淀屋の間口は二十間、安く見積もっても二万両になる。

この淀屋の跡地も、久助が公開入札にするらしいと聞いて、八品商たちの堪忍袋の緒が切れた。

これまでどおり一万二千両ぐらいで仲間のだれかに落札させ、差益の八千両を分配すれば一人頭千両という大金がころがりこむ。

もう猶予はならない。佐久間久助をどうにかしなくては、今後、どれだけ損をするか知れたものではない。

仲間で鳩首協議をしたあげく、そういうことに手馴れている越前屋の元締めの百蔵に久助の始末をまかせてはどうか、という結論になって、京屋茂平衛が交渉役になったということのようだった。

「やはり、そうだったか……」

平蔵はうっそりとつぶやいた。

「商人たちには銭金が命ということだ」

おもんは平蔵の胸に躰をあずけながら、淡々とつづけた。

「北町奉行所の探索方も懸命に下手人を追いかけておられたようですが、八品商とかかわりあった身内もいて、思うように探索がすすめられなかったようです」

「そこで兄者の出番になったんだな」

「御目付は公儀直参(じきさん)の監察がお役目ですから……」

「なるほど、吹けば飛ぶような同心身分でも、公儀の役人が町人風情に殺(あや)められたとあっては捨てておけぬということだ」

「ずいぶんひがみっぽい言いようですこと……」

「なんの、そのおかげでおもんと会えたようなものだ。堅物(かたぶつ)の兄者にしては粋(いき)なはからいと礼を言わねばならん」

「ま……」

おもんは抱かれたまま、目をすくいあげた。

「それにしても、今夜はみごとなお働きでございましたな」

「見ていたのか、あの斬り合いを……」

「はい。万が一のときはお助けするつもりでおりましたが、手助けなどは無用でございました」

「そうでもなかったぞ。あれだけの頭数をひとりで斬るのは骨だった」

平蔵は寝巻の胸前をはだけて包帯をした傷痕を見せた。

「見ろ。ちょこちょこかすり傷を負わされたわ」

三

平蔵は右脇腹と左の太腿と腰を刃(やいば)でかすめられていた。

刃が皮膚をかすめただけの浅手だったが、念のため傷口を焼酎で洗い、包帯をしておいた。

「痛みませぬか……」

おもんは脇腹の包帯を手でそっとなぞりながら、気づかわしげに眉をひそめた。

「なんの、これしき、蚊に食われたようなものよ」

こともなげに平蔵は笑った。

「おもんに嚙みつかれたほうが、よほどこたえる」

「もう……」

目でにらむと、おもんは腕をひしと平蔵の首に巻きつけ、火のように熱い唇を押しつけてきた。

「お会いしとうございました」

「おれとて、おなじことだ」

おもんの唇はぷりっと厚みがある。歯をあてれば血が噴きだしそうな唇を吸うと、おもんは腰をよじり、切なげに息をはずませた。

「もう……もう、あのような無茶はなさいますな」

おもんはあえぎつつ、うわごとのように口走った。

「あとは、公儀の手で始末いたしますゆえ、もはや手をだされますな」

「ふふ、それも兄者の伝言か」

平蔵は苦笑すると、おもんの忍び装束の身八つ口から手をさしいれ、ゆるりと乳房を探りあてた。

おもんの乳房はおおきくはないが、指をおしかえす弾力に満ちている。

平蔵の指が乳首をとらえると、おもんはびくっと躰をふるわせた。

乳首はすでに粒だち、固くしこっていた。

「つまり百蔵一味の仕置きの手筈はもうできているということか」

「はい……」

おもんは気もそぞろにうなずくと、二の腕を平蔵の首にからみつけてきた。

「京屋は半金を越前屋に払ったきり、あとの半金をまだ納めておりませぬ」

うわずった声でささやきながら、唇をねっとりと押しつけてきた。

「あとの半金は……かならず越前屋百蔵にじかに手渡しするはずです」

「そのとき一網打尽にしようという算段だな」

「はい……」

「お品書きはあらましできているようだが、肝心の包丁人はいるのか」

「徒目付と小人目付、それに黒鍬の者でこと足りましょう」

「徒目付というと、あの鉈豆煙管どのだな……」

味村武兵衛の角顔を思いだし、平蔵は声を出さずに笑った。

無類の煙草好きで、いつも鉈豆煙管をくわえている。太い毛虫眉にどんぐり眼、獅子鼻があぐらをかいている、なんとも愛嬌のある顔だった。

「味村どのは心形刀流の遣い手だそうだが、むこうには田宮流の腕ききが二人もいる。いざというときは、おれを一枚加えておいて損はないと、味村どのに伝えておいてくれ」

「どうしても手を引かれませぬのか……」

「おれはやられたら、やりかえさぬと気がすまん性分だ。それに……」

平蔵は鋭い目になった。

「おのれの手を汚さず、人を使って邪魔者は消す、百蔵のようなやつは人間の屑だ。生かしておくわけにはいかん。……あやつは、おれが斬る」

平蔵はたたきつけるように言うと、おもんを抱きすくめたまま転がるように横臥した。荒々しい手つきで忍び装束の胸前をおしひらき、乳房をつかみとった。

「あ……」

おもんはあえぎつつ、せわしなく括り袴の紐をほどいた。着衣がゆるみ、百鼠色の襦袢から乳房がこぼれた。ふっくりした乳房のいただきに乳首がツンととがっていた。

その乳首を口にふくんで吸いつけ、舌でころがすと、おもんは胸をそらせてのけぞった。すでに平蔵は耐えがたいほどに怒張していた。括り袴に手をさしいれ、臀のまろみをつかみとった。ひんやりした臀と、火のように熱い内股が男の血をいやがうえにもたぎらせる。なめらかな内腿をなぜあげると、しとどに露をふくんだ狭間にたどりついた。

「待って……待ってくださいまし」

「いや、もはや待てぬ」

「もう、聞きわけのない……」

おもんは気忙(きぜわ)しく着衣をはずすと、爪先で括り袴を蹴りおろした。

括り袴の下は膝までしかない薄い二布(ふたの)だけだった。青い二布を透かして太腿が白く見える。おもんは腰をひねり、膝をくの字に折り曲げると、腕をのばし、脛(はば)巾(き)を、足袋をむしりとった。平蔵は容赦なく二布をはぎとり、おもんのくびれた腰を、なめらかな腹のふくらみを手で愛撫した。

「なぜ。……なぜ、奥さまをおもらいになりませぬ」

おもんはなじるように声をうわずらせた。

「奥さまをおもらいになれば……もう、わたくしなど……」

「言うな……」

平蔵はおもんの唇をふさぎ、まろやかな臀を掌で鷲づかみにした。

「おれのような物騒な男のところに嫁にくる変わり者のおなごは、めったにおらぬよ」

平蔵の手がザラリとした茂みをとらえた。茂みの奥はあふれだした露でうるんでいた。とがったちいさなものを指がとらえた。

「あ……」

おもんは鋭く腰をそらせ、全身をふるわせた。

「よう……よう申されますな」

おもんはかすれた声でささやき、膝を大胆にひらいて、平蔵の侵入を許しつつ、からかうようにささやいた。

「まだ、文乃さまを忘れかねていらっしゃるくせに……」

「おい……」

「ふふ、ふ……」

おもんはおおきく息を吸いこむと、待ちかねたように平蔵を迎えいれた。

迎えいれた瞬間、おもんは両足をあげて平蔵の腰に巻きつけてきた。

営みは長い空白をうずめるように激しいものになった。

おもんとの営みは、いつも予期せぬときに訪れる。いまがあって、つぎはないかも知れぬ切なさが、営みをいっそう濃密なものにするようであった。

ふたりとも、満たしようのない孤独をかかえて日々を生きている。

その孤独をたがいにうずめあい、奪いあうことで満たそうとするのだろう。

おもんは女盛りの熟れきった女体の渇きを一夜でうるおそうとするように、強靭な腰を鞭（むち）のようにしなわせ、幾度となく声を放った。

双の腕を宙に泳がせ、闇をつかみとろうとした。

ふたりの胸のあいだで汗ばんだ乳房が押しつぶされ、白い腹がうねるように波うった。やがて、おもんは指をのばし、おのれを深く満たしているものをつかみとると、低い叫び声を放った。

嵐のようなときがすぎさり、静寂(しじま)が室内を満たした。

おもんは平蔵の胸に顔をすりよせると、満ちたりた深い吐息をもらした。

四

平蔵が目覚めたとき、おもんの姿は消えていた。

戸障子をあけると洗ったばかりの下帯が五枚と足袋が三足、物干し竿につるされ、降りそそぐ朝の光を浴びていた。

——あいつ……。

忍びの女は探索、潜入、謀略、殺戮(さつりく)など、苛酷な使命に生きている。時には情報を入手するために女体を餌にすることも辞さない。

非日常のなかに生きているだけに、並の女の日常の暮らしのまねごとがしてみたかったのだろう。

亭主でもない男の汚れた下帯をこっそりと洗っているおもんの姿を思いやった。

その心根はいじらしくもあり、いとおしく哀れでもあった。

竿竹にほされた下帯をぼんやり見ていると妙に股倉がスースーする。

気がついたらフリチンのままだった。昨夜つけていた下帯も洗ってしまったらしい。

このところ洗濯を怠けていたから、替えの下帯はなかった。

――なに、一日ぐらいフリチンでもよかろう。たまには風通しよくしたほうが一物のためになる。

寝巻のまま手ぬぐいをぶらさげて表に出ると、道具箱をかついだ隣の源助とバッタリ顔をあわせた。

「へへへ、あいかわらず、せんせいは手が早いね」

「ん？　なんのことだ」

「とぼけたってだめですよ。ネタはあがってんですからね」

源助、得意そうに小鼻をうごめかした。

「恋の闇路、朝は顔に火をともし……今朝早くに井戸端で、括り髪（くくりがみ）の婀娜（あだ）っぽい年増(としま)がふんどしを洗ってるのを見ましたよ」

「寝ぼけて幽霊でも見たのか」

「じょうだんじゃねぇ。ふんどしを洗う幽霊なんて聞いたこともありませんや」

「ふんどしの洗濯とは、また、色気のない幽霊だな」

「なんの、きりっと裾をからげて洗濯してる後ろ姿なんてもなぁ、色っぽいのなんのって……せんせいは、やっぱりすみにおけねぇや」

「おれは幽霊なんぞとつきあいはないぞ」

「だって、その年増、あっしの顔を見ると急いで洗濯物をかかえて、せんせいのところに駆けこんでいったんですぜ」

「ははぁ、さては物好きな幽霊が洗濯の出前にきたのかな」

「ちっ！　幽霊の出前なんて聞いたこともありませんぜ」

「で、その幽霊、どんな身なりをしていたね」

「え……」

源助、もっともらしく首をひねった。

「ありゃ、たしか袖なしの黒っぽい袷みたいだったな」

「ははん、黒っぽい袷か……」

忍び装束は括り袴をとれば普段着にもなる。

「わかった、わかった。もう行っていいぞ」

「へへへ、丑三つに臀で臼ひく色年増……ってね」

「なにぃ……」

「あっしも幽霊に臼をひかせてみてぇや」

ニタッとして源助、道具箱を肩に駆けだしていった。

――まさか……。

源助のやつ、盗み聞きしていたんじゃあるまいな。

いずれにせよ、おもんもよけいなことをしてくれたものだ。

見られたのが源助だったからよかったが、口達者なおきんだったら、なにを言われるか知れたものではない。

顔を洗って朝飯の米を釜にかけていると、斧田同心がさえない顔をだした。

「なんだ、いまごろ飯炊きか……いかんなぁ、男の所帯じみたのは。早いところ嫁をもらっちまったらどうだ。なんなら手頃なのを世話してやってもいいぞ」

勝手なことをほざいて、どたりと上がり框に大の字になった。

「あぁ、あ。八丁堀同心なんぞ、ばかばかしくてやっておれんな」

投げやりな溜息をついて毒づいた。

「なにがあったんだ」

「じつはな。久助殺しを百蔵にたのんだのは呉服町の京屋茂平衛らしいと突きとめたまではよかったが、お奉行から待ったが、かかったのよ」

むくりと起きあがると目を怒らせた。

「しかもだ。待ったをかけてきたのは目付の神谷忠利さま。つまりは貴公の兄上どのときたもんだ」

「ははぁ……」

「なにが、ははぁだ。八丁堀は黙って糞して寝てろってことか」

「ふふふ、そうむくれるな。南の同心の青木仙次郎まで百蔵にとりこまれているとなれば、目付に下駄をあずけるほかはなかろうが」

「わかっておる。だから、なおのことじれってぇのさ」

「そうキリキリするな。この一件には公儀の威信がかかってるんだ。目付の兄者が動くからには若年寄の耳にも入っているということだろう」

「まぁ、な」

「欠所物の入れ札は北町奉行所だけじゃなく、南だってやっているだろう。八品商の談合は南の奉行所でもやっているにちがいない。こいつは斧田さん一人の手におえることじゃないぞ」

「う、ううん……」

「京屋茂平衛と百蔵がつながってるところまでたどりついただけでも、たいしたもんだ。そこんところはお奉行だってわかってるさ」

「貴公におだてられても腹の虫はおさまらん」

「おい。肝心の壺を忘れてやせんか」

「肝心の、壺……」

「久助を殺った下手人だよ。能面打ちが趣味の鵜沼玄士郎が下手人だと、ほぼ目星はついてるんだ。そっちのほうの探索はどうなってるんだね」

「ううむ。それがなぁ……」

斧田は苦虫を嚙みつぶしたような顔になった。

「なにせ、本所深川はやたらだだっぴろいうえに、路地、小路がこみあっていて始末が悪い。おまけに百蔵の縄張りときてやがるから、聞き込みにまわっても、どいつもこいつも蝸牛みてぇに口が固いときてやがる」

「寺社はどうだ。本所深川界隈はあちこちに寺社がちらばってる。下手人が身をひそめるには、寺や神社はかっこうの塒になると思わんか」

「寺に、神社か……ううむ、たしかにもってこいの隠れ場所だが、こいつが、また寺社奉行の縄張りで、町方は迂闊に顔も手も出せん」

「おい、貴公の仇名はすっぽんの斧田じゃなかったのか。すっぽんが弱音を吐いてどうするんだ」

平蔵、ここぞとばかりに焚きつけた。

「鵜沼玄士郎の塒が、寺か神社だとわかったら、おれにまかせろ。兄者のケツをつついて寺社奉行にかけあってもらってやる」

「おい、ほんとうか……」

「おれは兄者や嫂をだまくらかしたことはあるが、ダチと女に嘘をついたことはない。あとが怖いからな」

「ふふ、そいつはいい心掛けだ」

青菜に塩のようにしょぼくれていた斧田同心が、しゃきっと腰をあげた。

「ようし、こうなったら八丁堀の意地にかけても、下っ引きをかきあつめて本所深川の寺という寺、神社という神社を虱つぶしにほじくってみせるぜ」

巻き羽織に風をはらませて飛びだしていった。

気分の切りかえが早い男だ。

竈(かまど)に火を焚きつけておいて、火吹き竹を枕にごろりと横になった。

物干し竿につるされたふんどしが風にあおられ、凧(たこ)のようにひるがえっていた。

垣根のきわに文乃が植えていった椿の若木が、ポツンとひとつ、花をつけて咲いていた。

——まだ、文乃さまを忘れかねていらっしゃるくせに……。

おもんのふくみ笑いが耳に残っている。

——どうなんだ。神谷平蔵……。

おのれに問いかけてみたが、答えは出なかった。

おれも、存外、未練たらしいところがあるらしい。

まだ、おもんの肌のぬくもりが濃く残っているというのに、もう別れたはずの女に思いをはせている。

男というのは埒(らち)もない生き物らしい。

それにしても、ことにおよんでいる最中に、よく、ほかの女のことを口にできるもんだ。

女のしたたかさにくらべれば、男なんぞガキみたいに他愛もないものらしい。

蝿(はえ)が一匹、うるさく舞い舞いしている。

火吹き竹でたたき落とそうと思ったが、狙っているうちに眠気がさしてきた。

敷きっぱなしの布団にもぐりこんだら、おもんの匂いが残っていた。

早く干さんといかんななどと考えていたら、台所からグツグツと釜が吹きこぼれる音が聞こえてきた。

独り暮らしはこれだ……。

うんざりしながら、のそのそと布団から這いだした。

五

その日、百蔵は蛤町(はまぐりちょう)の妾宅(しょうたく)にいた。

かつては四千五百石の大身旗本町野(まちの)幸重(ゆきしげ)の別邸だったが、元禄十四年に当主の幸重が親不孝の罪を咎められ、絶家したため放置されていたのを百蔵が買い取り、手をいれて妾宅にしたものだ。

敷地は二百坪、四方に土塀をめぐらせ、庭もなかなか風流にできている。

ここに百蔵は気にいりのお玖摩を住まわせている。身のまわりの世話をするおふねという女中と、使い走りの下男がいるだけだが、風呂場は檜(ひのき)造りの贅(ぜい)を尽くしたもので念入りに造らせた。

女房のいない百蔵にとって、ここは本宅のようなものだった。

お玖摩には茶の湯、琴、習字の師匠をつけ、大名家の奥にあがっても恥ずかしくないような女に仕込んでいる。

お玖摩は二十二の年増だが、天性の美貌で二つ、三つは若く見える。

昨夜、神谷平蔵の襲撃に失敗した怒りを、お玖摩を抱くことで忘れたかった。

百蔵は湯あがりのまま、ふんどし一枚で枕をかかえて布団の上に腹ばいになっていた。

お玖摩は素足で百蔵の背中を踏んでいた。

お玖摩の足の裏はやわらかくて弾力があり、骨盤のツボを親指でさぐり、やわやわと踏んでは強く押す。

初めのうちは背中の上に立つのがむずかしく、屁(へ)っぴり腰だったが、近頃は馴れてきたのか、膝の屈伸で均衡をとるようになっていた。

「おまえがいてくれれば按摩(あんま)いらずじゃの。……ううむ、たまらん」

百蔵は枕元に置いてあるオランダ渡りのギヤマンの水差しに口をつけ、うまそうに水を飲みほした。

「おお、そうじゃ。今朝、おまえの亭主がやってきての。子供が麻疹にかかったと泣きついてきたわ」

腰を踏んでいた、お玖摩の足がぴたりと止まった。

「なに、さほど案じることはないと医者は言うておるそうじゃ。ただ、医者代と薬代がかさむので、なんとかしてもらえないかというのでな。五両もたせてやったらホッとして帰ったわ」

お玖摩はかすかな安堵の色をうかべた。

「いつも厄介をおかけして申しわけありませぬ」

「なんの、おまえのためなら五両など安いものじゃ。……よしよし、もう腰はよいから、太腿のつけ根を、な」

「はい……」

お玖摩は着物の褄を指でつまんで百蔵の背中からおりると、きちんと膝をそろえて正座し、百蔵の腿の付け根を指先で丹念にもみほぐしにかかった。

百蔵は若いころ諸国を歩きまわっていただけに、贅肉はなく、太腿には筋肉が盛りあがっている。

「おまえに会っていかぬかと亭主どのに言ってやったが、もはや、わが妻とは思うておりませぬと断りよったわ」

お玖摩は口の端をかすかにゆがめたきりで、黙もくともみつづけた。

「ふっふっふ、浪人とはいえ、武士の意地があるということかの。おまえを抱きたければ、抱かせてやってもよいぞと言うてやったら顔に血のぼせてな。それがしも武士の端くれでござる、とよ。情の強い男よのう」

お玖摩はかすかな苦笑をうかべた。

「医薬の金はほしいが、おまえを抱きとうはないらしい」

お玖摩は手をとめて、吐き捨てるように言った。

「わたくしも、あのひとに抱かれるくらいなら死んだほうがましです」

「ほ、そのように意地を張らずともよいぞ。なんというても五年ものあいだつれそうた仲ではないか」

「あのひととつれそうて、たのしいと思うた日は一日とてありませせなんだ。意気地がないくせに、気位ばかり高くて、思いやりなど露ほどもないひとでしたから」

「きついことを言うのう。子までなした仲ではないか。いくら気にそまぬ亭主でも交媾えば気味がよくなって濡れてくるのがおなごの躰じゃ。ときには気をやることもあったろう」

「いいえ、あのひとは……自分勝手に躰をつないで、おわればさっさと背中を向けて寝てしまうだけのひとでした」

「なんともそっけない夫婦じゃな。……俗にも、穴を出て穴に入るまで穴の世話、というではないか。夫婦になって交媾いをたのしまずに、なにをたのしみにひとつ屋根の下で暮らすのやらわからんな」

「武家の嫁というのは子を産むためのものと教えられておりましたゆえ、そのようなことは思うてみたこともありませぬ」

お玖摩は露骨なものの言いように戸惑いながら、百蔵の内股をやわやわともみつづけた。いつの間にか下帯がむくりとふくれあがり、老人とは思えぬ太い帆柱がそそり立ってきた。

「あれ、もうこのように……」

それを見て兆してきたのか、お玖摩は目のふちにほんのりと血の色をとぼすと、おずおずと下帯に手をのばした。百蔵の一物は六十すぎの老人のものとは思えぬほどたくましく、屹立していた。黒ずんだ雁首は勢いよくえらが張りだし、さながら蛇が鎌首をもたげたようだった。ごつごつと筋ばり、弓なりにそっくりかえった陰茎の太さは常人の倍はありそうだった。

　お玖摩は鈴口を指でそっとなぶりながら、たくましい陰茎に指を添え、ゆっくりとしごきはじめた。

「ほう。ずいぶんとうまくなったの」

「ま……」

「きたないとは思わぬのか……」

「いいえ……」

「ふうむ。亭主のものもそうしてやったか」

　お玖摩は眉をしかめた。

「あのひとのものなど、見たことも、ふれたこともございませぬ」

「これは異なことを言うのう。亭主のものを見たことがない女房など聞いたこともないわえ」

「ついぞ、情のもてないひとでしたから……」

「そんな亭主が産ませた子でも、子は可愛いものかのう」

　お玖摩はふっと顔をおこしたが、答えようとはしなかった。

「そうか、子は別か……幸せじゃな。おまえの子は」

「え……」

「そのように気にかけてくれる母親がいるだけで幸せというものじゃ」

　百蔵は暗い顔でつぶやいた。

「わしなど母親の乳の味も知らぬわ。なにせ、生まれて、すぐに捨てられてしもうたからな」

「…………」

「わしは六つのとき、育ての親にたった十両で嘉助という越中の薬売りに売られてしもうた。嘉助という男はわしをつれて千住の旅籠に泊まると、すぐに飯盛女を買いよった。おとしという女じゃったが、嘉助はその女の素性をちゃんと知っていて、その旅籠に泊まったのじゃ」

　ふいに百蔵は怒気をほとばしらせた。

「わしをそばに寝かせておいて、嘉助はそのおとしという飯盛女を抱きながら、これが、おまえを産んだおっかぁだぞと嗤いながらぬかしおったのじゃ」

「……なんという浅ましいことを」

　お玖摩は目を瞠った。

「それはよい。どうせ、薬売りのかたわら女を売り買いするような男だからの。

……わしが許せなんだのは、そのおとしという飯盛女のほうじゃ。まるで道端の石ころでも見るような目で、わしを見て嗤うとな……ほら、おっかぁが、おまんこしてるところをよく見ておきな。おまんこはいいもんだよ。おまえも早くおまんこの味をおぼえるんだね。なんなら、おっかぁとしてみるかい、そうぬかしてケラケラと笑いおった」

そう言うと百蔵はくくくっと咽(のど)の奥で嗤った。嗤っているとも、泣いているともつかぬ、寒気のするような自嘲の響きがあった。

お玖摩は息をつめて、瞬きもせず百蔵を見つめていた。

「わしがつれていかれた先の越中の嘉助の女房が、またえげつない女だったな。……わしに飯炊きから掃除洗濯までさせておいて、昼間っから、わしの見ている前で嘉助と乳繰りあっちゃ、ぎゃあぎゃあとよがり声をあげやがる。なにかわしに気にくわないことがあると飯も食わせないで、夜中でも表におっぽりだしやがった。越中は雪どころだからな。真冬ともなれば軒までうずまるほど雪がつもる。朝まで軒下でふるえていたことも数えきれないほどあったな」

「ようも、そんな、ひどいことを……」

お玖摩は眉をしかめて思わず声を飲みこんだ。

「むろん飯はいつも冷や飯に沢庵だけじゃった。年中、素足に藁草履で、雨が降っても傘なしで使いにだされたし、風呂どころか行水もつかわしてもらえないから、虱がたかる。かゆいから血が出るまでかきむしったよ。……生き地獄ってのは、ああいうことを言うんだろうな。よっぽど二人が寝ているあいだに逃げだそうと思ったが、逃げて帰る家もありゃしない」

「旦那さま……」

「ふふふ、それでも、ひとつだけいいことがあったな」

「よいことと申しますと……」

「おなごじゃよ」

「え……」

「おぼえておくがいい。おなごの躰ほど男を慰めてくれるものはない。どんなつらいことでも忘れさせてくれるからのう」

百蔵は手をのばして、お玖摩を引きよせると襟前から手をさしいれ、乳房をさぐった。

「ほれ、こうやって乳をいらうだけで男は気が安らぐのじゃ」

「あ……」

「ふふ、このもちもちとした肌ざわり、いつまでいろうていても飽きぬ。おお、乳首もこりこりと粒だって……どうやら、そろそろ兆してきたようだの」

「あ、ああ、そのようになされますと……もう」

お玖摩はぐったりと百蔵に躰をあずけながら、せわしなく帯をときはじめた。

「わしが初めて女を知ったのは十四のときだったな。出戻りだというので、嘉助が安く買いたたいた、おまつという女だった。……二十六の大年増で、乳も臀も雌牛(めうし)みたいにおおきな女だったが、気だてのやさしい女でな。嘉助のいない留守を盗んじゃ抱かせてくれたのさ。ゆっさゆっさした大きな乳房に顔をうずめていると気持ちが安らいでくる気がしてね。こんな女が母親だったらと何度も思ったよ」

百蔵はなつかしむような眼ざしになった。

「だから、わしは今でもよう肥えた女を見ると、なにかしてやりたくなるのさ」

「旦那さま。……もう、そのようなつらいことはお忘れなさいまし」

お玖摩はふいに顔をおこすと、百蔵の一物を手にとって口にふくんだ。

「わたくしが……わたくしが、忘れさせてさしあげます」

「ほう、おまえが口とりをしてくれるのか。……おお、おお、心地ようて骨までとろけそうじゃ」

お玖摩は唇と舌をつかって百蔵の一物をしゃぶっては、両手の指でふぐりをやわらかくもみこんだ。

「おまえは覚えのよいおなごじゃな」

百蔵は満足そうにうなずいた。

「いまに、おまえを千石取りの旗本の養女に送りこんでやる。そのあと大名の側室にしてやるぞ」

「そのような……」

お玖摩はほんのり上気した顔をあげた。

「いまはよい。じゃがな、わしも、いずれは年寄る。おまえを歓ばせてやることもできぬようになるじゃろう」

「年寄るのは、おなごもおなじこと……」

「だから申しておるのじゃ。おなごにも旬がある。三十路をすぎてからあわてても遅い。このように乳も、臀もむちっとしているうちに高く売りつけることを考えねばならん」

「売るなどとそのような……」

「売られると思うな。売りつけるのだと思え。なにごとも売るのと、売られるのでは天と地ほどのちがいがあるのじゃ」

「旦那さま……」

お玖摩はおびえたような目になって百蔵を見つめた。

「わたくしは、そのようなこと、思うてみたこともありませぬ」

「なら、今日からそう思うことじゃ。おなごは玉の輿に乗るのと、乗りそこねるのとではおおちがいだぞ。年とって乳もだらりとなって、臀もぶよぶよするようになってからでは、男は洟もひっかけんようになる。いまのおまえなら、買い手はよりどりみどりじゃからの」

お玖摩は息をつめて百蔵を見つめた。

「玉の輿などと、まさか、そのような……」

「まさかではない。まことのことじゃ。よいか、どんな男でも女に迷わぬものはおらん。将軍家だろうが、大名だろうが、いい女にはうつつをぬかす。千金、万金も惜しまぬものじゃ。おまえの躰には、それだけの値打ちがある。わしにまかせておけばよい」

百蔵はしゃべりながら、まるで筍の皮でもむくようにお玖摩の着衣をはぎとっていった。

「どうじゃ。この、すべすべとした肌は……それに、このみごとな乳のふくらみよう……腰のくびれようも申し分がないわ」

百蔵はあたかも道具屋が高麗渡りの高価な壺を愛でるような目で、お玖摩の裸身に見惚れた。

熟れた桃の実のような乳房はすこしのたるみもなく、薄紅色の乳暈のいただきに乳首が粒だっている。百蔵は乳房をすくいあげ、やわやわともんでは、合間に乳首を口にふくんで吸いつけた。

やがて、お玖摩の息遣いがせわしくなってきたが、百蔵は急いで躰をつなぐようなことはしない。たっぷりと時をかけて舌を駆使する。

若いころから百蔵は「舌で女を殺す」といわれてきた。女を数多くあつかう百蔵のような男は、そうしなければ身がもたなかったからともいえる。

もともと百蔵の舌はめずらしく蜥蜴の舌のように細く、先端がとがっていて、かつ人よりも一寸は長かった。

子供のころは舌の先が鼻のてっぺんにとどくというので、悪童仲間をおどろかせるのがたのしみだった。

女体の味をおぼえてから、舌で女を喜悦させることができると知って、舌技にみがきをかけた。すれっからしの岡場所の娼婦から、銭はわたしが稼ぐから情夫になってくれとせがまれたこともある。

百蔵の舌は女体のすみずみを丹念になめつくす。うなじから、耳のつけ根、脇の下から臍のくぼみ、内股の付け根、どこが女の官能に敏感にひびくかを百蔵は知っている。そのあいだもまめまめしく手指で脇腹を愛撫し、乳房をもみつつ乳首をつまみ、茂みをかきわけ狭間の露をなぞる。

百蔵はお玖摩をうつぶせにすると、背骨に沿いつつ、まろやかな臀と臀がつぼまる切れ込みにも丹念に舌をはわせた。

「あ、ああ……」

お玖摩は腹ばいながら、うめき声をもらし、顔をのけぞらせた。

百蔵は女体を横臥させると、片方の腿をもちあげ、内股から蟻の門渡りに舌先をはわせた。そこが、どこよりも敏感な箇所であることを知りつくしていた。

「だ、だんなさま……」

お玖摩は身もだえし、すすり泣きの声をもらすと、横臥し片足をあげたまま臀をしゃくりはじめた。

　ときおり百蔵は顔をあげ、武家女らしい気品のある美貌が、淫靡な快楽にもだえるさまを冷めた目で観察した。

「おお、それでよい。それでこそ、わしが見込んだおなごじゃ。おなごは美しいばかりでは味気がない。淫らでのうては男は歓ばぬ」

　満足そうにうなずくと、皺だらけの顔をふたたび女体にうずめた。

　それはあたかも一匹の禍まがしい土蜘蛛が、獲物の女肉を食らい、むさぼっているかのように、残酷で、淫らな光景であった。

六

　両国橋から北に五丁あまり上流の岸辺に舫われた川舟の舳先にすわりこみ、釣りをしている菅笠の侍が二人いた。

「それで何人殺られたんだ」

　頬に一寸あまりの新たな刀傷がある。なかなかの美男でもある。鵜沼玄士郎だった。

「七人……」

もう一人が無表情に答えた。室井棋八郎である。

「ふうむ、七人もの男が、たった一人に斬られたのか」

玄士郎は嘲るように口をゆがめた。

「だらしのない。ようも、そんな役たたずを飼っていたものよ」

「それだけ神谷平蔵というやつ、腕が立つともいえる」

「よいわ。神谷平蔵はおれが斬る。この傷の借りを返さねば腹の虫がおさまらんからな」

玄士郎は頬の刀傷に指をあてた。先夜、平蔵の鋒がかすめた傷痕だ。

室井棋八郎が竿をあげた。竿がしなって銀鱗が舟底に跳ねた。

四寸あまりの鮒だった。針をはずすと室井棋八郎は獲物を無造作に川に投げた。

「神谷平蔵という男、下手な闇討ちで片づけられるようなやわな遣い手ではない。よしたほうがいいと言ったが、元締めはきかなんだ」

室井は餌を針につけ、竿をふった。

「このところ元締めには、おれの歯止めもきかなくなってきた」

「越前屋もヤキがまわってきたのだろう。おのれの我意を矯めることができなくなったら、とめどがなくなるものだ」

「いまは妾(めかけ)のお玖摩という女を大身旗本の養女にし、どこぞの藩主の側妻(そばめ)に送りこむ算段をめぐらせている」

「ほう、妾を大名の側妻にか……」

「その藩公は野心家で、かつ女色に目がない。賄賂を幕閣にばらまいて老中に仕立てようという寸法だ」

「妾を餌にして、幕府を食い物にしようという腹だな」

「人の欲にはきりがない。おれもそろそろ手終いにするころあいかも知れぬ」

「室井。手終いするのは勝手だが、お千勢の居場所をつきとめる約束はどうなった」

「きさまもしぶとい男だな。いい女なら江戸には掃いて捨てるほどいる。逃げた女をいつまでも未練たらしく追いかけることはあるまい」

「いや、お千勢のかわりはいない。あれほど母に生き写しの女はほかにおらぬ」

鵜沼玄士郎はうめくように言った。

「おかしなやつだ。なぜ、それほど母御に恋着する」

「おれの母はな、身分いやしい下女あがりだった。おれは本来なら鵜沼家の跡を継げる身ではなかったのよ。父が亡くなったとき、奥方には娘が一人いたから、しかるべき筋から婿を迎えればすむところだった」

「ほう……それは初耳だな」

「ま、聞け。いずれは貴公に打ち明けねばなるまいと思っていたのだ。知ればお千勢を探すにも身が入るだろうからな」

「よかろう。話してみろ」

「母はなんとしても、おれを跡目に立てようと、藩の実力者だった勘定奉行の荻野十太夫に頼みこんだ」

「おい、そりゃ、きさまが斬った男ではないか」

「まぁ、最後まで聞け」

川面に上り鮎らしい銀鱗が跳ねた。

「荻野十太夫は好色で知られたやつでな。母に見返りをもとめやがった」

「見返り……抱かせろというわけか」

「ああ、なにせ、母の美貌は藩内でも知れわたっていたからな。後家といっても、まだ充分に美しかった」

「わかった。もう、よせ……あとは聞かずとも察しはつく」

「いや、おれは、いつかだれかに聞いてもらいたかったんだ」

鵜沼玄士郎は双眸をとじて、語りついだ。

「おれはまんまと鵜沼家の跡継ぎにおさまったが、母が生贄になったことは知らなかった。知ったのは荻野十太夫の別邸に母が通っているのを見てからだ」

玄士郎は竿を川に投げいれ、舟の胴間に仰臥した。

「おれは母を問いつめた。母はなにも答えようとはしなかった。が、三日後、母は父の墓前で咽を突いて自裁した。……遺書には父の跡を慕ってのことだと記してあった。だれもがそう信じたが、おれにはむろん、わかっていたさ」

突如、玄士郎は叫ぶように口走った。

「おれが母を殺したようなものだ。母はおれに恥じ、おれに詫びるつもりで自裁したんだ。ちがうか、室井」

「わからん。死んだものの心情など、本人でのうてはわからんものだ」

室井棋八郎は突き放すように言った。

「その母御に瓜ふたつという女を妻に娶ろうという貴公の気持ちもわからんな。母によう似た女を抱くということは、母を犯すということでもあるぞ」

「なにを言うか。犯すのではない。おれはな、お千勢を生涯、そばにおいて慈しみたいのだ。それが母を死なせてしもうた、おれの、せめてもの罪滅ぼしよ」

室井棋八郎はしばらくのあいだ、瞬きもせず、鵜沼玄士郎をにらみつけた。

「なんとも、げせぬ男よのう」

やがて室井棋八郎は太い溜息をついた。

「げせぬが、人はだれでも他人にはわからぬ闇をかかえておる。それほど恋着しておるのなら、お千勢という女に一度会ってみるのもよかろう」

「棋八郎。……おぬし、なにやらお千勢の居場所を知っておるような口ぶりだな」

「神田新石町。弥左衛門店だ」

室井棋八郎は淡々と告げた。

「ただし、お千勢という名ではない。いまは、お宇乃という名だ」

「おうの……」

「江戸に出て、昔を捨てようとしたのだろうな。お宇乃と名をあらためて伝馬町の伊勢屋という呉服屋に女中奉公に入ったそうだ」

「女中奉公……あの、お千勢が」

「食うためだ。おれが越前屋の用心棒になり、きさまが人斬りで飯を食っておるのとおなじだ」

「いまも、その伊勢屋で働いておるのか」

「いや、一年とたたぬうちに主人が手をつけ、妾にしたらしい」

「お千勢を、商人風情が妾にしたというのか」

「そういきりたつな。江戸で女が生きていくには女中奉公をするか、客の袖を引いて身を売るかだ。妾奉公もひとつの生計の方策だ」

「う、うっ……」

「ところが、伊勢屋の手代をしていた新三郎という若者が、お宇乃に恋着し、口説いた。お宇乃が新三郎に惚れていたかどうかはわからんが、妾をしているより新三郎の嫁になるほうが幸せだと思うたのだろうな。……が、妾とはいえ、主人の女に手を出せば密通だ。訴えられたら打ち首、獄門ということにもなりかねん」

室井棋八郎はうっそりと苦笑した。

「ま、たいがいは内うちですませるが、二人は主人に詫び状を残して駆け落ちした。つまりは情人者というわけだ」

「……………」

「悪いが、お宇乃が貴公のことをおぼえておるかどうかもわからん。おぼえていたとしても、はたして貴公をなつかしいと思うておるか」

鵜沼玄士郎は胴の間に仰臥したまま、放心したように空を見ていた。

青空に鳶（とび）がゆったりと輪をえがいて舞っていた。

室井棋八郎の竿がおおきくしなって、糸がぐいぐい水中に引きこまれた。

「玄士郎。言うておくが、お宇乃が住んでいる新石町の弥左衛門店には神谷平蔵も住んでおる。しかも、やつの住まいは、お宇乃の住まいとは目と鼻の先だ」

「なにぃ……」

「それに神谷平蔵には、矢部伝八郎、井手甚内という無二の親友がついている。二人とも平蔵と甲乙つけがたい遣い手だ。迂闊に手だしせんことだな」

室井棋八郎はしなう竿をたわめつつ、冷ややかに言い放った。

第九章　誘　拐

一

めずらしく昼前になってから急に患者がたてこんできた。

生爪をはがした錠前直しの男、五日も便が出ないと訴える髪結(かみゆ)いの女、尻に腫(は)れものができてすわることもできないという版木彫(はんぎほ)りの職人。最後の患者は、貸本屋をしている亭主に毛虱(けじらみ)をうつされて、かゆくてたまらないという。

貸本屋は得意先をまわって読み本を貸すのが商売である。

「まともな本なんぞありゃしませんよ」

女房は毛虱をうつされた恨みもあってか、ケロッとした顔で亭主の商売をこきおろした。

「ほら、男と女がおまんこしてる絵がついてる笑い本ばっかりで、ひいきったって暇もてあましてる囲い者か、独り暮らしの後家さんがほとんどでね」

　口をひんまげて、くくくっと嘲笑った。

「字が読めないから読んでくれといっちゃ、家にあげて気を引く、盛りのついた雌猫みたいな客ばっかり。おまけに、うちの宿六ときたら穴さえありゃつっこみたくなる口だから、どこかの色後家といちゃついたあげくに虱までもらってきたにきまってますよ」

　こっちが鼻じろむのもおかまいなしだ。

　とにかく塗り薬をだしてやって、股倉の毛を亭主に剃刀で剃ってもらってから塗るように言ったら、

「亭主に剃刀なんかもたせたら、どこを切られるか知れやしない。いっそ、せんせいが剃っちゃってくださいな」

　いきなり前をまくりかけたのにはおどろいた。

　そいつは勘弁してもらおうと言ったら、不承不承、あきらめたが、

「そうだ。うちの宿六をせんせいのところによこすから、毛を剃るついでにちんちんも剃り落としちゃってくださいよ」

　なんとも物騒なことを言う。

それじゃ、あんたも困るだろうと言ってやったら、「亭主なんか役に立たなくなったって、男に不自由しやしませんよ」とほざいた。

見た目はおとなしそうな女だが、言うことは凄まじい。

このぶんなら、とうに浮気のひとつやふたつはしているにちがいない。

女房も甲羅を重ねるとこうなるのかと思うと、独り暮らしの不自由のほうがましのような気がしてくる。

物騒な貸本屋の女房を帰すと、もう九つ半（午後一時）をすぎていた。

奥の六畳間で待っていた伝八郎が、頬杖ついたまま鼾（いびき）をかいて眠っていた。

頬杖を爪先ではずすと、伝八郎、がくんと頭を落として目をさました。

「う、ううーん……」

あくびをひとつして、起きあがり、

「なんだ、なんだ。せっかく、いい夢を見ておったのに殺生（せっしょう）なやつだ」

ずうずうしいことをほざいた。

「ちっ、どうせ、どこぞの女狐にだまされた夢でも見ていたんだろう」

にらみつけると、でれりぼうと頬を笑みくずした。

「ま、聞けよ。いま、夢のなかで奈津どのと口を吸いあい、乳をなぶっておるとな、ふいに奈津どのがぐったりと身をあずけてきて、伝八郎さま、もう好きなようになさってくださいまし、ときたのよ……」

ぐふふふっ、としまらない顔で惚気ている。

「ほう、そりゃよかったな。で、無事本懐をとげたか」

「それがだ。まさにトバ口に突入寸前というところで、きさまに起こされてしもうたのよ」

残念無念という顔で恨めしそうに溜息をついた。

「だったら、もう一度じっくりと夢のつづきでも見てろ。おれは腹ぺこだから茶漬けでも食う」

「お、茶漬け……けっこうだな。おれにも相伴させろ」

ずうずうしく、がっついてきた。

「おい、食い気が先か、色気が先か、どっちかにしろ」

「ううむ。そりゃなんとも言えんのう……」

とてもじゃないが、ばかばかしくて相手にしていられない。

土間におりて、台所のすみの糠漬けの壺をかきまわしていると、表の戸障子をガタピシさせて、商人ふうの品のいい老人が顔をのぞかせた。

「失礼ですが、こちらが神谷平蔵さまのお宅でございますな」

「いかにも、わしが神谷平蔵だが……」

糠漬けの大根をぶらさげたまま、平蔵はまじまじと老人を見た。

髪がなかば白くなっているものの、顔には色艶があるし、足腰はしっかりしたものだ。患者には見えなかった。

「これはこれは、失礼いたしました」

老人は深ぶかと腰をおった。

「手前は伝馬町で呉服商を営んでおります、伊勢屋茂左衛門（もざえもん）と申します」

そう挨拶すると、うしろをふりかえり、手招きした。

「これ、二人とも何をしておるのじゃ。そんなところにすくんでいないで、ちゃんとご挨拶をせぬか」

戸障子にふたつ影が動いて、新三郎と、お宇乃がおずおずと顔をだした。

「なんだ、おまえたちか……」

平蔵は糠漬けの大根をぶらさげたまま怪訝（けげん）な目をお宇乃に向けた。

「お宇乃さん。この伊勢屋さんとは知り合いなのかね」

「はい……」

お宇乃は消えいりそうな声になった。

「わたくしも、新三郎さんも、ずっと旦那さまのお世話になっておりました」

「ははん？」

もう一度、目を伊勢屋茂左衛門にもどした。

「というと、お手前が、お宇乃さんの、つまり……」

——旦那……。

と言いかけて声を飲みこんだ。

「はい。お察しのとおりでございます」

伊勢屋茂左衛門は笑みをうかべながら、二人をふりむいた。

「新三郎は小僧のころから面倒をみてまいりましたし、お宇乃は二年前からうちで女中奉公をしておりましたが、間もなく家内が亡くなりまして……」

「なるほど……いや、事情はお宇乃さんから聞いて知っておる」

平蔵、おおきくうなずいた。

「ま、むさいところだが、とにかくあがられたらどうかな」

すすめた手が、糠漬けの大根をぶらさげたままだった。

「いや、これは……ははは、独り暮らしはこれだから困る」

「なんの、わたくしも若いころは毎日糠漬けに茶漬けですませておりましたよ」

老人は好もしげな表情でうなずいた。

二

伊勢屋茂左衛門は大店の主人だけあって、酸いも甘いも心得た男だった。

「そんなに好きあっているのなら、わたしに一言いってくれれば喜んで所帯をもたせてやったものを、早まって駆け落ちなんぞして……」

茂左衛門は寝間寂しさに、お宇乃に手をつけてしまったものの、もう五十七歳、若いお宇乃をいつまでも囲い者にしておくのは可哀相だと、前まえから気にかけていたのだと述懐した。

「新三郎も新三郎ですよ。いずれは暖簾もわけてやろう、いい嫁も探してやろうと思っていたわたしの気も知らずに……ろくな金ももたずに飛びだして、もしや暮らしに困って心中でもしやしないかと、気が気ではありませんでした」

茂左衛門の述懐をうしろで神妙に聞きながら、お宇乃と新三郎はちいさくなって肩をよせあっていた。

「それが、今朝店をあけると、戸口に新三郎が思いつめた顔をして立っているじゃありませんか。わたしの顔を見るなり、土間に土下座しましてね。自分はどうなってもいいから、お宇乃だけは許してやってくださいと泣きだした」

「ははぁ……」

どうやら新三郎、暮らしのやりくりに切羽つまって、茂左衛門に詫びをいれにいったらしい。

「許すもなにもありません。わたしゃ新三郎のようすを見るなり、二人の暮らしぶりが目にうかぶようでしたよ」

茂左衛門はいたわるように二人をかえりみた。

本来なら、長年、店で働いていた手代が、こともあろうに自分が囲っていた妾に手をだして駆け落ちするという、いわば後足で砂をかけるような裏切り行為をしたのである。頭から湯気を立てて怒り狂っても不思議はない。

しかし伊勢屋茂左衛門は、若い二人が無事でいてくれたばかりか、万策尽き果てた末に自分を頼ってもどってきたくれたことを、心から喜んでいるようすだった。

「ならば、二人を無罪放免ということにしてやってもらえるのかな」

平蔵が念を押すと、

「もちろんでございますよ、神谷さま。ええ、もう若いうちは男も女も後先見ずに血迷うものでございます。そうやってみて、初めて世の中を生きていくのが、どれほど大変なことかわかり、一人前の大人になるものです」

茂左衛門は深ぶかとうなずいた。

「わたくしなど、この二人のように恋の闇路に血迷って、駆け落ちするほど思いつめられる若さが心底うらやましい。もう、わたくしのように五十をすぎて分別くさくなってまいりますと、世の中、おもしろくも、おかしくもありませんです、はい」

横合いから伝八郎が、わが意をえたりといわんばかりにうなずいた。

「ううむ、まったく、まったく……」

――なにが、まったくだ……。

恋の闇路に迷ったことでもあるような口をたたきやがって、と横槍をいれてやりたくなったが、この際だ、勘弁してやることにした。

伊勢屋茂左衛門は、もとどおり新三郎を手代として迎えてやり、二人にはこのまま弥左衛門店で所帯をもたせ、店には通い勤めにしてやるつもりだと言った。

「お宇乃に聞きますと、神谷さまにはいろいろと親切にしていただいたそうで、わたくしからも御礼を申しあげます。今後とも、ひとつ何かと面倒をみてやってくださいまし」

なんとも念のいった挨拶だった。

格別に親切にしたつもりはないが、これで二人が長屋の厄介者になりそうだなどと陰口をたたかれることもなくなりそうだと安心した。

まるで息子夫婦をつれもどした父親のような伊勢屋茂左衛門を送りだし、平蔵は感にたえたようにつぶやいた。

「なんと、よくできた御仁(ごじん)ではないか」

「うむ。商人は銭に吝(しわ)いばかりで人情のカケラもないもんだときめつけておったが、なかにはああいう徳人もおるんだのう。いや、われらも骨おった甲斐があったというものだ」

「おい、きさまが、いつ骨おった。夫婦喧嘩を止めにいっただけだろうが」

「ん？　ははは、ま、そう固いことを言わず、二人の前途を祝して前祝いといこうではないか」

「さしずめ勘定は言い出しっぺの、おまえがもつんだろうな」

「それはなかろう、それは……割り勘でよかろう、割り勘で」

目を怒らして、ムキになった。

「ところで、稽古をほっぽらかして、なにしにきたんだ。まさか昼寝しにきたわけじゃあるまい」

「おお、それよ、それ……」

伝八郎、途端に口が重くなった。

「きのう、土橋精一郎から、ちくと小耳にはさんだんだが、またぞろ磐根藩の風向きがあやしくなってきておるようだぞ」

土橋精一郎は磐根藩士で、小網町の道場の門弟でもある。江戸詰めになって、きのうひさしぶりに道場に顔をだしたらしい。

「また、お家騒動か……」

「いや、今度は藩公の色好みが高じてのことらしい」

「ふうむ……」

「ま、別にめずらしいことではないがな……」

伝八郎は伊勢屋が手土産に置いていった塩饅頭をパクつきながら、

「だいたいが大名などというもんは種つけ馬みたいなものだからして、女好きぐらいでちょうどいいようなもんだが、相手が縫どのとなると、な」

「なに、宗明さまが、縫に……」

「おい、縫どのと聞いた途端に目の色が変わったな。きさま、まだ縫どのに未練があるのか」

「い、いや、そういうわけではないが……」

「ふふふ、隠さんでもよいわ。なにせ、縫どのとは毎夜のように、ここで睦みおうていた仲だからな」

二つめの饅頭に手をだしながら伝八郎はちらかった室内を見渡した。

「心中穏やかならざるのも無理はなかろうて……」

伝八郎、指についた餡をなめながらニヤリとした。

「安心しろ。まだ縫どのに手をつけられたわけではない。側室に召しだそうとなされたが、ご正室がそればかりはなりませぬと厳しく諫められたゆえ、宗明さまも渋しぶあきらめたらしい」

「ふうむ……」

「どうだ。安心したか」

「つまらんことを言うな。それにしても、縫も三十路、大奥の側室なら御褥御免を願いでる年だ。側室になさるなら、もっと若くて美しい娘がほかにいくらでもいそうなもんだ」

「ばかを言え。三十路といえば女も熟れごろ、食べごろ……ははは、いや、これは失言、ちとまずかったの」

伝八郎、ポンと額をたたいてごまかした。

「ところがだ。縫どのはあきらめたものの、ご正室の諫言の裏に桑山どのの動きがあったことがわかって宗明さまが立腹なされ、桑山どのが謹慎を命じられたということだ」

「なにぃ。佐十郎が、謹慎……」

「こりゃ、われわれにとっちゃまずかろう。前回の例もある。またぞろ江戸屋敷の出稽古さしとめということになりかねん」

「ううむ……」

桑山佐十郎は平蔵の親友で、磐根藩の側用人という要職にある。

その縁もあって小網町の剣道場から五日に一度、神谷平蔵、矢部伝八郎、井手甚内のだれか一人が磐根藩の江戸上屋敷に稽古に出向くことになったのだ。

出稽古料は月十八両、半金は不時の出費にそなえて天引きし、両替商の駿河屋にあずけてある。磐根藩邸の出稽古料は貧乏道場にとって命綱ともいうべき大事な収入源なのだ。

伝八郎が稽古をほっぽらかして素っ飛んできた気持ちもわかる。

磐根藩とのかかわりが深い平蔵に、なんとかしてくれぬかということだろうが、肝心の桑山佐十郎が謹慎では手のうちようがない。

「いまのところ、屋敷からなんとも言ってきてはおらんのだな」

「ああ」

「だったら当分、静観しているしかなかろう」

「ふうむ。……それにしても殿さまというやつは、どうして女の尻ばかり追いかけたがるのかのう。正室のほかに何人も側室がいるというのになぁ」

「ほかにすることがないのさ。宗明さまなどは将軍家にくらべたら可愛いもんだ。大奥を見ろ、大奥を……二千人もの娘がひしめきあっておるんだぞ」

「ふといもんだな。えりぬきの美女を二千人も独り占めかね」

伝八郎、涎（よだれ）をたらしそうな顔になった。

「おい、きさま、いまの将軍のおん年がいくつか知っておるのか」

「ん？」

「まだ五歳になられたばかりだぞ。独り占めもへちまもなかろうが」

「いやいや、わからんもんだぞ。俗にも、あきれた子振りわけ髪でまくり合いというからな。五つならそろそろ色気づいてもおかしくはないぞ。うん」

「…………」

三

七つ半（午後五時）ごろから雨が降りだした。

平蔵は本舟町の顔見知りの居酒屋で借りた番傘をさし、家路についた。

めずらしくしたたかに酔っていた。

ひさしぶりに伝八郎と酌みかわしたせいもあったが、左京大夫宗明が縫に手をつけようとしたという話が、平蔵の胸にざわめきをもたらしたのである。

——おかしなもんだ……。

三年前、伊之介ぎみの乳人として生涯を送る決意をし、磐根に去っていった女である。未練はとうに清算していたはずである。

——それが……。

磐根藩主が側室に望んだというだけで心穏やかならざるものを覚えるとは、どういうことだ。

――おれは、まだ人間ができておらんな……。

縫は女盛りだ。五万三千石の藩主から側室にと望まれたなら、けっこうではないかと縫のために祝すべきところである。

――それを……。

素直に喜ぶ気になれない、おのれの狭量が情けない。

――こら、しゃきっとしろ、神谷平蔵……。

千鳥足で乗物町の橋を渡りかけたとき、手ぬぐいを頭からかぶった女が傘の下に駆けこんできた。

「ちょいと入れておくんなさいな、旦那」

「ん？」

濃い化粧の匂いが傘のなかに立ちこめた。

「おい、袖を引くつもりなら無駄だぞ。このところ女には懲(こ)りておる」

「あら、ご挨拶ですこと……」

女はくすっと笑って腕をからませると、ぐいと平蔵の手首をつかんだ。

「このまま、お聞きくださいませ」

手ぬぐいの下から目をすくいあげたのは、おもんだった。

「味村さまが、明日、八つ（午後二時）に冬木町の番所においでくださるようにとのことです」

おもんはつかんだ手首をたぐりこみ、ひたと身を寄せてきた。

雨が濃密な女の匂いをいっそう刺激的なものにした。

まだ六つ半（午後七時）、宵の口である。

通りすがりの人が冷やかすような目を投げかけてくる。

「むじなどもの尻尾をつかんだということか、ん？」

平蔵は女を口説いている酔っ払いのふりをして、おもんの腰を引きつけた。

「はい、八品商（はっぴんしょう）の一人の倅（せがれ）が博打（ばくち）にはまっているのがわかりまして、ひそかに脅しつけましたところ、青くなってなにもかも吐きましたゆえ。明日、百蔵をお縄にします」

「鵜沼玄士郎や室井棋八郎もいっしょにか」

「おそらくは……」

「よし、承知した」

平蔵は手をおもんの臀(しり)にまわし、つるりとなぜた。

「どうだ、寄っていかぬか。雨の夜にしっぽり濡れるのも乙なものだぞ」

「おなごには懲りたはずでございましょう」

おもんは艶っぽい目でにらむと平蔵の手をぐいとつねって、するりと躰を離した。

「では、旦那。お気をつけて……」

手ぬぐいの端をつまんで駆けだしていった。

下駄の音がカラコロと濡れた道にひびいて、遠ざかった。

「懲りたつもりが、性懲りもなく、か……」

なにやら落とし物をしたような気分だった。

いつの間にか、雨は小降りになっていた。

四

お宇乃は計り売りの徳利の酒を片手にかかえ、着物の裾をつまみあげながら、小走りに長屋の木戸に向かっていた。

雨に濡れることなんか、ちっとも気にならなかった。

今夜は新三郎と二人きりで前祝いをするつもりだ。

伊勢屋茂左衛門は近いうち、自分が仲人になって晴れて祝言をあげてやろうと言ってくれた。

もう、これからは駆け落ち者と後ろ指をさされることもなくなる。

——なにもかも、旦那さまのおかげ……。

そう思うときゅんと胸が熱くなった。

長いあいだ、肩身のせまい思いをして生きてきたけれど、やっと……やっと、わたしも人並みに幸せになれる。

暗かった新三郎の顔も、今日一日で見違えるように明るくなった。

——いままでのことは許しておくれ……。

茂左衛門が帰っていったあと、新三郎は涙声になって約束してくれた。

——きっと、おまえを幸せにしてみせるよ。

今夜は二人のほんとうの初床のようなものだ。

そう思うと頬が急に火照(ほて)ってきた。

弥左衛門店の木戸が見えてきた。

「お千勢」

ふいに行く手に黒い影が立ちふさがった。

「あ……」

お宇乃は棒立ちになった。

「お千勢、探したぞ」

おぞましい影が、ずかずかと近づいてきた。

お宇乃の手から徳利がすべり落ちて二つに割れた。

酒の匂いが、悪夢のように強く鼻をついた。

逃げようとする間もなく、胸に当て身がたたきつけられた。

お宇乃は頭の中が真っ白になった。

——新三郎さん……。

第十章　一網打尽

一

平蔵は土間で身をすくめている新三郎をにらみつけた。

お宇乃がさらわれたことを平蔵が知ったのは、今朝の五つ（八時）をすぎてからである。それも新三郎が知らせにきたのではなく、斧田同心が新三郎をともなってやってきて初めて知ったのだ。

きのう、伊勢屋茂左衛門から二人のことをよろしくと頼まれた平蔵が臍（へそ）をまげたくなるのも当然だった。

「さらわれてすぐなら手の打ちようもあったが、朝まで何をしていたのだ」

「は、はい……そ、それが、その」

「なぜ、すぐに知らせなかった」

平蔵の怒気を浴びて新三郎はしどろもどろだった。

「ま、ま、そう責めるな」

上がり框(かまち)に腰をおろしていた斧田同心が、とりなし顔で口をはさんだ。

「女房が酒を買いにいってくると言って家を出たきり、なかなかもどってこなかった。心配になって長屋の木戸でずっと待っておった。……そういうことだな」

「は、はい……」

新三郎が憔悴(しょうすい)しきった表情でうなずいた。

「そのうち、この男はしだいに不安になってきた。もしやして女房が自分に愛想をつかして家出したのではないかと思ったらしい」

「ばかな！　お宇乃はそんな女ではない」

平蔵の叱咤(しった)に新三郎はびくっとなった。

「お宇乃とおまえは駆け落ちまでした仲だろうが」

平蔵の怒りはおさまらない。

「伊勢屋さんのおかげで、おまえはもとの手代にもどれるようになったし、お宇乃と所帯をもつことも許してもらえた。二人であんなに喜んでいたではないか」

「は、はい……ですが、それまでのわたしの不甲斐なさを思うと」

「お宇乃に愛想づかしをされてもしかたがないと思ったのか」

「は、はい……」

新三郎は両手を顔に押しあてると、しゃがみこんで嗚咽をもらしはじめた。

なんとも情けない男だ。これで、よく駆け落ちなどする気になったものだ。

「この男が番所に駆けこんできたのが、明け六つ（午前六時）、おれの耳に入ったのが六つ半（午前七時）ごろだった」

斧田が口をはさんだ。

「出向いたところ、木戸から三十間あまり先の道に割れた徳利が落ちていて、土に酒がしみこんだ匂いがした。血の痕はなかったな」

斧田が戸口にいた常吉を目でしゃくった。

「常吉が聞き込みにまわったら、ゆうべ七つ半ごろ、湯屋帰りの女房が、背中にぐったりした女をおぶった浪人を乗物町の角で見かけたらしい。そうだな、常」

「へい。ちょいと気にはなったそうですが、なにせ相手が二本差しですから、見ざる言わざるをきめこんだようで……」

「どこからみても、こいつは勾引しだ」

斧田が重々しくうなずいた。

「お宇乃とかいう女は、酒を買い、木戸の近くまで帰ってきたところを何者かに襲われたようだな」

間髪をいれず、平蔵が言い切った。

「まちがいない。さらったのは鵜沼玄士郎だ」

「例の、能面打ちの侍だな」

「ああ、ほかには考えられん」

ふいに新三郎が叫ぶように言った。

「お宇乃は……お宇乃は生きておりましょうか」

新三郎はいきなり土間に土下座した。

「お宇乃を助けてください！……お宇乃にもしものことがあったら、わたしは、わたしは……」

新三郎は声をふるわせ、泣きじゃくった。

「めそめそするな！」

平蔵が怒鳴りつけると、新三郎は殴りつけられたようにビクッと顔をあげた。

「案じるな。さらったやつが鵜沼玄士郎なら、お宇乃を殺すようなことはせぬ」

「ほんとうですか……」

平蔵はおおきくうなずいてやった。

「お宇乃はおれが取りもどしてやる」

玄士郎はお宇乃に惚れぬいている男だ。惚れた女をさらっておいて殺すとは思えない。殺るなら、その場で殺るはずだ。

「いいか、おれを信じて待っていろ」

「は、はい……」

「下手にうろちょろするんじゃないぞ。家でじっとしていることだ」

「わ、わかりました……」

新三郎はふらふらと立ちあがると、常吉につきそわれて家に帰っていった。

心、ここにあらずといったようすだった。

「おい。……なにやら取りかえすあてでもありそうな口ぶりだな」

斧田が声をひそめて平蔵を見た。

「うむ。確信はないが……あてはある」

「ほんとうか……」

「お宇乃は鵜沼玄士郎の塒にいる。百蔵をしめあげれば鵜沼玄士郎にたどりつくだろう」

「な、なんだって、百蔵を……」

斧田は目をむいた。

二

——このひとは……。

いったい、わたしをどうしようというのだろう。

お宇乃は目の前で黙もくと面を打ちつづけている鵜沼玄士郎を見つめながら、疑心暗鬼にかられていた。

ここが、どこかもわからなかった。

さらわれてから、どこを、どうやってはこばれたのかもわからない。

気がついたら後ろ手にしばられていた。足まではしばられなかったが、逃げようとしても逃げ切れないだろう。

——騒げば殺す。

鵜沼玄士郎はそう言った。容赦のない眼だった。

——おとなしくしていれば殺しはしない。

そうも言った。

お宇乃は女の直感でわかっていた。

——さらったのは、わたしがほしいからだ……。

そうとわかれば下手に逆らわないほうがいい。生きていれば、なんとかなる……。

お宇乃は腹をくくった。丸行灯の灯りの前にすわって、鵜沼玄士郎は面を打ちつづけている。

いま何時か、見当もつかなかった。

強い尿意をもよおし、耐えがたくなった。小用に行かせてほしいと言ったら、縄をといて廊下の端にある厠までつれていってくれた。

厠の扉は高さ半間（約一メートル）、外で見張っている玄士郎の上半身が見えていた。小用の音が気になったが、しゃがむなり勢いよくほとばしった。

厠から出ると、また後ろ手にしばりあげられた。

殺意は感じられなかったが、鵜沼玄士郎には、かつて手ごめにされている。

いずれは躰をもとめてくるだろう。そのことは覚悟していた。

そのときは眼をつぶって嵐がすぎるのを待っていればいい。

もともと女の躰はそうできている。嵐はどんなに猛々しくても、いずれは凪が訪れて穏やかになる。

もはや、お宇乃は、かつてのお千勢ではない。数えきれないほどの辛酸をなめてきた。

生きていくために伊勢屋茂左衛門の囲い者になった。

岡場所の女郎のように、日々、見知らぬ男に抱かれて生きる女もいる。それにくらべれば、まだ、ましだと思った。

さいわい、伊勢屋茂左衛門はやさしいひとだった。大事にあつかってくれた。

手代の新三郎が熱っぽい目を投げかけ、所帯をもとうと口説いてきたとき、お宇乃の躰にざわめくものがあった。

伊勢屋茂左衛門のような老人とはちがう、若い男の一途な恋慕の告白が好もしく思えたのだ。密通という危ない橋をむこう見ずに渡ろうとする、ひたむきな火のような息吹が、それまで女体の奥に眠っていた情念を呼びさました。

人目を忍んで抱きあう緊張感が情念を濃密なものにした。一度、堰(せき)を切ってほとばしった情念の奔流はとめられるものではない。

もしかしたら、ふつうの女のしあわせを手に入れることができるかも知れない。そう思って駆け落ちした。

新三郎は若いだけに未熟だったが、伊勢屋茂左衛門にはない懸命さがあった。お宇乃は夜毎、新三郎と抱擁をかさねるうち、日々、躰がめざめていくのを感じた。稚拙だが、新三郎は見た目より猛々しかった。

男としては物足りないところがあるが、愛しいと思うようになった。

これまでは生きていくのが辛くて、死んだほうがましだと思ったこともあったが、いまは違う。

——生きていたい……。

そのためにはどうすればいいか、お宇乃は必死に考えていた。

鵜沼玄士郎が面を打つ手をやすめて、お宇乃を見た。

「なにを考えている……つまらぬことは考えるな。無駄なことだ」

「わたくしを……どうするつもりなのです」

「いずれ、神谷平蔵がここをつきとめてやってこよう。あやつはそういう男だ。神谷平蔵を斬ったら、そなたをつれて江戸を出る。どこかの山里に居をさだめ、そなたと二人きりで暮らす」

——勝手なことを……。

お宇乃の頭にカッと火がついた。

「わたくしをお抱きになりたいのでしょう。抱いてください。そのかわり……」

ふいに鵜沼玄士郎の手から鈍く光るものが飛んできた。

お宇乃の目の前をかすめ、背後の壁の柱にグサッと鑿(のみ)が突き刺さった。

鵜沼玄士郎が腰をあげて近寄ってきた。

鑿をグイと引き抜き、お宇乃の前にどっかとあぐらをかいた。

「お千勢はいつから、そんな下品な女になった」

「………」

「女はすぐに躰で取り引きしようとする。躰をあたえればすむのか」

鵜沼玄士郎の双眸(そうぼう)に怒気が走った。

「おれの……おれの母上もそうだった。ただ、おれに鵜沼家の家督を継がせたい一念で荻野十太夫の生贄(いけにえ)になった」

お宇乃は息を飲んだ。

「まさか……」

「おれも、まさかと思った。母上を責めた。そんなことはありえぬと思った。嘘だと言ってほしかった」

鵜沼玄士郎はうめくようにつぶやいた。

「だが、母上は……母上は悲しげな眼で、おれを見つめて、おまえのためにしたことです……そう言った。そうするしかなかった。おまえのためなら、なんでもするつもりだった。この身ひとつですむことなら……そうも言った」

鵜沼玄士郎はむせぶように叫んだ。

手の鑿を畳に突き刺した。鑿はずぶりと二寸あまりも畳を刺し貫いた。

「なにが、おれのためだ。母上はおれの……おれだけのものだと思うていた。母上は……母上の乳房はおれだけのものだ」

「………………」

お宇乃はまじまじと玄士郎を見つめた。

十三になるまで母に添い寝してもらった男……。

――この男は幼児のまま、躰だけ大人になったのだ……。

「おれは母上を罵倒した。殴りつけた。蹴りつけた」

くくっと鵜沼玄士郎は咽で嗤った。嗤っているとも、哭いているともつかぬ、異様な呻き声だった。

「三日後、母上は自裁し、果てた。……おれが殺したようなものだ。おれが」

鵜沼玄士郎の奥歯がキリキリッと鳴った。

「おれは荻野十太夫を斬った。母上を抱いた男を生かしておくことなどできるはずがない」

お宇乃はアッとなった。

——荻野十太夫を斬ったのは……。

藩のためでもなく、ましてや正義のためでもなかったのだ。

「斬ったところで母上はよみがえらぬ。そなたは……お千勢は母上そのものだ。おれは……そなたを、ほかの男に抱かせるわけにはいかぬ。そなたを抱いた男も許せぬ。神谷平蔵を斬ったら、伊勢屋茂左衛門も斬る。新三郎とかいう男も斬る。そなたは、おれだけのものだ」

——狂うている……。

お宇乃は寒気がしてきた。

底知れぬ絶望感が、お宇乃をとらえた。

三

冬木町の番所に入っていくと、奥の八畳間で図面を前に三人の侍と打ち合わせをしていた味村武兵衛が、鉈豆煙管をくわえたまま顔をあげた。

「平蔵どの。……これは、どういうことです」

「すまんが助っ人をつれてきた」

平蔵のうしろから矢部伝八郎、井手甚内、それに斧田晋吾が土間に足を踏みいれた。

「どうでもついてくると言ってきかん。ま、助っ人はひとりでも多いほうがよかろうと思ってね」

「困ったおひとだ」

味村は太い獅子っ鼻の穴からプカリと煙をくゆらせ、苦笑いした。

「いいでしょう。どうせ、京屋茂平衛は町方に引き渡すつもりでしたからな。この始末は斧田どのにおまかせする」

「心得ました」

「さてと……」

味村は平蔵たちに目を向けた。

「お手前方の腕前はよく承知しているが、無闇と斬らんでもらいたい。何人かは生き証人にとっておきたいのでな」

「心配ご無用。破落戸(ごろつき)など峰打ちでたくさんだからの」

伝八郎が刀の柄(つか)をたたいてニヤリとした。

「が、手にあまらば斬る。それでよいかな」

「けっこう……」

井手甚内がぼそりと口をひらいた。

「むこうの頭数はどれくらいかの」

「ざっと二十五、六人というところだろう。いつもは女が二人に下男が一人という小所帯だが、今日は用心して百蔵が手下を呼びあつめたらしい」

「なんだ。一人頭、三、四人の割り当てじゃないか。軽い、軽い」

伝八郎、気楽にほざいた。

「あなどるなよ、伝八郎。やつらは浅草界隈を与太っている輩(やから)とはちがう。二本差しを屁とも思わん連中だ。おれも手傷を負わされたくらいだからな」

「う、うむ」

味村が図面を目でしゃくった。

「それに、なにしろ妾宅(しょうたく)とはいえ敷地は二百坪もある。庭木も多く、足場が悪い。どこから飛びだしてくるかわからん。くれぐれも油断は禁物だ」

「ほう。踏みこむのは妾(めかけ)の家か……」

「うむ。妾宅といっても、もとは旗本の別邸だったから、土塀に囲まれた立派な屋敷だ」

「ふうん。いい女なのか、その妾……」

「ああ、見たことはないが、とびきりの別嬪(べっぴん)らしい」

途端に伝八郎の目尻がさがった。

「ちっ。そんな別嬪が、あんな蟇(ひきがえる)がつぶれたような爺ぃに抱かれておるのか。糞おもしろくもないのう」

さもうらやましげな伝八郎の声に、奥の間に待機していた侍たちがくすっと笑いをもらした。

「四半刻ほど前、京屋茂平衛が到着した。手筈をきめておこう。ご一同も図面の前に集まってもらいたい」

味村にうながされ、平蔵たちも奥の部屋にあがった。

せまい室内が八人の武士でひしめきあった。

四

百蔵は二階の客間で京屋茂平衛と向かいあっていた。

二人のあいだに長方形の五百両箱が置かれ、蓋があけられていた。なかには小判がむきだしのままびっしりとつめられていた。

青木仙次郎と常盤町の長七が立会人として同席していた。

京屋茂平衛が百蔵に披露した。

「切餅（二十五両包み）ではなく、一両小判で五百枚というお申し出でどおりにいたしました。おあらためを……」

「いやいや、あらためることもありますまい。京屋さんを信用しておりますよ」

百蔵はザラッと片手で小判をすくいとり、頬に笑みを刻んだ。

「このひんやりした小判の手ざわりがなんともいえぬ。おなごの肌と黄金にまさるものはありませんな。のう、お玖摩」

かたわらにすわっているお玖摩の臀（しり）に手をまわし、つるりとなぜた。

「さ、お玖摩。みなさまにお酌を、な」

「はい……」

　お玖摩が徳利を手に三人に酌をしてまわった。

「元締め……室井さんの姿が見えんようだが」

　青木仙次郎が不審そうに尋ねた。

「あのひとは、これですよ、これ……」

　百蔵が釣りの手つきをしてみせ、苦笑した。

「今朝早く、黒鯛を釣りにいくといって舟で出かけました」

「ふふふ、女には見向きもせず、囲碁と釣りだけが道楽とは変わった男だ」

「わたしが室井さんを見込んだのはそこですよ。女好きと博打好きには商売はまかせられません」

　そう言うと百蔵は目を京屋茂平衛に向けた。

「さてと、京屋さん。……これから先もよろしくお願いしますよ」

「これから先、と言いますと……」

「とぼけてもらっては困りますな。欠所物の入れ札は毎年の恒例です。そのつど、八品商のみなさんの懐にはお宝がころがりこむ。手前も、そのお裾分けをいただきませんと間尺にあわぬというものですよ」

「越前屋さん。ちょ、ちょっと待ってください。わたしどもがお願いしたのは今回かぎりのつもりですが……」

「冗談言ってもらっちゃ困る。かりにも公儀の役人を二人も始末してさしあげたんだ。それを、たったの千両ですまされたんじゃ、この越前屋の顔が丸潰れというもんです」

「で、ですが……」

「京屋さんたちは毎年、何千両という大金を公儀から猫ばばなさってるんだ。そんな儲け口を、たった千両ぐらいのことでフイになさってもいいんですかな」

京屋茂平衛の顔が灰色になった。

「越前屋さん……」

「おわかりになりましたな。世の中はもちつ、もたれつ……欲張っちゃ、ろくなことになりませんよ」

百蔵の顔は穏やかだったが、声にはゾッとするような凄味があった。

声を失った京屋茂平衛を冷ややかに一瞥(いちべつ)して、百蔵は腰をあげた。

「では、わたしは失礼して、ひとっ風呂あびてきますが、みなさんはゆるりと過ごしてください」

呆然としている京屋茂平衛に長七が徳利を向けた。

「旦那。越前屋さんの言うとおりなさってりゃ、心配ご無用。さ、一杯、ぐっとあけておくんなさい。ぐっと……」

「は、はい……」

五

百蔵は洗い場にびっしり敷きつめた小判の上にあぐらをかき、お玖摩を抱きよせていた。

お玖摩の臀の下で小判が悲鳴をあげていた。

「ふふふ、どうじゃな、お玖摩。……小判の褥（しとね）の寝心地は」

「は、はい……なにやら落ち着きませぬ」

お玖摩が腰をよじるたびに小判がジャリッと鳴る。

「なんの、たったの五百両じゃないか。おまえの躰はな。何千両、何万両の値打ちものじゃ」

お玖摩を小判の上に仰臥（ぎょうが）させた。キラキラとかがやく小判の上に仰臥したお玖摩の裸身は、なんとも妖しく、なまめかしい。

百蔵はつかみとった小判をお玖摩の裸身の上にバラまいた。

小判は乳房のふくらみからこぼれ落ち、臍のくぼみに、股間の狭間にたまって、キラキラと光りかがやいた。

「おお、おお……いい眺めじゃ」

百蔵は双眸をギラつかせ、手桶で湯を汲みあげてはお玖摩の裸身にそそいだ。

お玖摩の裸身に血の気がさし、ほんのり色づいてきた。

湯に洗われた小判がいっそう輝きをました。

百蔵は手桶を投げだし、お玖摩の裸身を抱きすくめ、乳房を、臍を、股間を舌でなぶりはじめた。

「あ、ああ……旦那さま」

百蔵の背中の般若の刺青の色が鮮やかに浮きだしてきた。

お玖摩は太腿をひらいて百蔵を迎えいれた。

お玖摩は腕を百蔵の首にからみつけ、腰をしゃくりあげた。お玖摩の臀の下で小判がひしめき、鳴いた。

百蔵の腰がゆっくりと動くたび、般若の顔がひしゃげた。

六

町駕籠(まちかご)にゆられながら京屋茂平衛は暗澹(あんたん)としていた。

八品商の株仲間に百蔵をつかってみてはどうかともちかけたのは京屋茂平衛だった。

仲介業といっても、平気で人を殺(あや)める男である。悪党だということは初めからわかっていた。それでもしょせんは金で動く男だ。大金をつかませれば、意のままになると甘く踏んでいた。

商人は世の中は金次第だときめてかかっている。たしかに百蔵も金で動いた。

都合の悪い公儀の下役人をあっさりと消してくれた。

が、その見返りはあまりにもおおきかった。

——毎年、千両……。

仲間の八品商をどうやって納得させればいいのか……。

京屋茂平衛は打ちひしがれていた。

ふいに駕籠がとまった。

駕籠脇に見覚えのある八丁堀同心が近づいてきた。

「京屋茂平衛。……年貢のおさめどきだ。駕籠をおりろ」

「お、斧田さま……こ、これは」

「仲間がなにもかも吐いた。観念するんだな」

斧田が腕をのばして京屋茂平衛の襟がみをつかんで引きずりおろした。

よろめきながら駕籠をおりた茂平衛の肩を十手がぴしりと打ちつけた。

「神妙にしろ」

「は、はい……」

茂平衛はへたへたと路上にへたりこんだ。

──もう、おしまいだ……。

目の前が真っ暗になった。

七

蛤町(はまぐりちょう)は隅田川から分岐し、砂村新田に向かう掘り割りに沿っている。

西側は正覚寺、恵念寺などの寺が甍(いらか)をつらねる寺町だが、東側は旗本屋敷がいくつかあるものの、妾宅のまわりは畑や雑木林で囲まれていた。

芽吹いた新緑の雑木の梢が西風をうけてザワザワと鳴っている。

もう七つ（午後四時）をすぎたころだろう。西の空が茜色（あかねいろ）に染まりはじめていた。

雑木林のなかから、いくつかの影が音もなくあらわれた。

職人ふう、行商人ふうと、身なりはさまざまで、なかには夜鷹姿の女もいた。

「黒鍬の者たちだ……」

味村がささやいたとき、手ぬぐいを頭にかけた夜鷹姿の女が足ばやに近づいてきた。白塗りの厚化粧をし、手に寝茣蓙（ねござ）をかかえていたが、すぐにおもんだとわかった。

「いま、百蔵は妾といっしょに湯殿にいます」

「ほかのやつらは……」

「下の広間で酒盛りをしていますが、室井棋八郎と鵜沼玄士郎は姿を見せませんでした」

「よかろう。田宮流の遣い手が二人欠ければ、こっちも助かる」

「そのかわり青木仙次郎と常盤町の長七が来ておりますよ」

「おもしろいの」

伝八郎が刀の柄をたたいて、にんまりした。

「あの南の八丁堀の始末はおれにまかせてもらおう」

味村が渋い目になった。

「できれば手捕りにしてもらいたいが……」

「むこうが斬りかかってくれば悠長なことは言っておれんぞ」

「ま、そのときはやむをえんな」

おもんが味村にささやいた。

「屋敷の外は黒鍬の者でかためますゆえ、ご心配なく」

「それはありがたい」

「では、表の門扉をあけてまいります」

そう言うと、おもんは風のように走り去った。

その後ろ姿を見送って伝八郎が、平蔵の腰をつついた。

「きさま、あの女ともよろしくやっておったろうが」

「よけいなことを言うな」

「ふふ、ふ、あの色っぽい腰つきは見ただけでゾクッとくるぞ。きさま、つくづくすみに置けんのう」

　おもんが土塀を軽がると乗り越えるのが見えた。

八

　妾宅はいかにも旗本屋敷だったらしい門構えだった。

　味村を先頭に平蔵たちが門の前に近づいていくと、おもんが待っていたように脇門をあけて顔をのぞかせた。

「さ……」

　門をくぐると、足元に破落戸(ごろつき)が一人、倒れている。

　当て身を食らっただけらしく、呻き声をあげかけた。

　常吉が飛びついてすばやく後ろ手に縄をかけ、猿轡(さるぐつわ)をかました。

　屋敷のなかから笑い声が流れてくる。

　立派な式台があり、衝立(ついたて)のむこうに二間(けん)廊下がのびている。天井も民家とちがって高い。

「よし、わしはここで出てくるやつを片づけよう」

井手甚内が刀をすらりと抜くと、玄関の敷石に佇んだ。

味村を先頭に式台をあがった。

廊下の左側が広間らしく、酒宴のざわめきがもれてきた。

味村が襖を蹴倒して踏みこむと、目の前にあぐらをかいていた破落戸がふりむいた。味村は抜く手も見せず、首を撥ね斬った。

首が前の膳の上にゴロッところがった。

シャーッと噴きだした血が隣の破落戸の頭に降りそそいだ。

味村が刃を返し、腰をうかしかけた破落戸の胸を串刺しにした。

みごとな心形刀流の冴えだった。

平蔵たちがいっせいに襖を蹴倒し、踏みこんでいった。

「な、なんだ……」

「殴りこみか！」

騒然と立ちあがりかけた破落戸の一人を平蔵は抜き打ちの一閃で斬り伏せ、片膝ついて返す刀で隣席の浪人を逆袈裟に斬りあげた。

右往左往する破落戸を、味村配下の侍が凄まじい剣で斬りまくった。

伝八郎は破落戸どもには目もくれず、上座にいた青木仙次郎に向かって悠然と近づいていった。

横にいた浪人が刀を抜き、鋭い鋒（きっさき）をつきあげてきた。

伝八郎は見向きもせずに豪快な袈裟がけで斬り伏せると、青木仙次郎を見てニタリとした。

「おい。八丁堀、どうするね。神妙にお縄にかかるか、それとも……」

「矢部伝八郎とかいったな。鐘捲流（かねまきりゅう）のお手並みを拝見しようじゃないか」

青木仙次郎は足で目の前の膳を蹴り飛ばすと、猛然と斬りつけた。

刃唸りがするような迅速の剣だったが、伝八郎の剛剣は苦もなくその刀身を撥ねあげた。ビシッと鈍い金属音がして青木仙次郎の刀が真ふたつに折れた。

「うぬっ！」

とっさに脇差しの柄（つか）に手をかけた青木仙次郎の肩口を、伝八郎の刃が深々と斬りさげた。

何人かが廊下に走りだし、玄関のほうに逃げたが、待ちかまえていた井手甚内が立ちふさがった。絶叫と血しぶきが式台を染めた。

平蔵は広間の外の廊下にすわりこんでいる女を見つけた。三十年配の、腰まわりのでかい女だ。百蔵の妾ではなく、酒をはこんできた女中らしい。

腰をぬかして失禁したらしく、臀のあたりが濡れている。

「おい、百蔵はどこだね」

「へ、へい……」

女中はひきつった顔を廊下の奥にふりむけた。

「よし。あんたは台所にいってろ。ここにいちゃ怪我するぞ」

だしぬけに広間から飛びだし、突進してきたやつがいた。

「てめぇっ」

匕首を手にした常盤町の長七だった。

平蔵の鋒が無造作に長七の胸を刺した。

「げえっ……」

猪首をのけぞらせ、長七は目をむいて廊下にへたりこみ、胸に刺さった刀身をつかんだ。鋒は長七の背中まで貫いていた。

足で長七の肩を蹴って刀身をぐいと引き抜くと、長七の指がバラバラッと膝にこぼれ落ちた。

平蔵は廊下の奥に足をはこんだ。

つきあたりの左側に湯殿の引き戸がある。

静かに引きあけるとそこは脱衣場で、乱れ籠に男物の着物と、女の着物や帯がきちんとたたんであって、上に緋縮緬の長襦袢が置いてある。

湯殿の戸をあけた平蔵は思わず息をつめた。

檜の板を張った洗い場に黄金色の小判が散乱している。

小判の上に仰臥した女の白い裸身に百蔵らしい白髪頭の老人が手足を蜘蛛のようにからめてしがみついていた。

まだ平蔵に気づいていないらしく、女は目をとじたまま太腿を百蔵の腰に巻きつけ、腰をしゃくりつづけていた。まぶしいほど白い臀が、ひしゃげては毬のように弾んでいる。臀が弾むたび、小判が悲鳴をあげた。

百蔵の背中に彫られた般若の刺青が平蔵を嚙みつきそうな目でにらんでいた。

「おい……」

平蔵が声をかけると女がかすかに双眸をひらいて見あげた。

その瞳が恐怖に染まった。

「あ、わわわ……」

女が舌をひきつらせ、肘を起こそうとしたが、しがみついた百蔵は離れようとしない。

平蔵は百蔵の白髪の髷（まげ）をつかんで引き起こした。百蔵の躰が丸太のように女体からごろっところがり落ちた。

両眼をカッと見ひらいた顔が、苦悶にゆがんでいた。蛇が鎌首をもたげたように股間に屹立（きつりつ）していた醜いものがゆっくりとしぼんでいった。

「ひいっ……」

女の唇から悲鳴がほとばしり、臀をよじって湯船の縁にしがみついた。

それには目もくれず、平蔵は洗い場に片膝ついて、百蔵の胸に手をあてた。

すでに鼓動は止まっていた。顔に死相があらわれてきている。

「なんだ。死んでおるのか……」

伝八郎がぬっと顔をだした。

「うむ。腹上死というやつだ。酒を飲んで、風呂に入ったうえに女を抱けばこうなるさ」

「ふ、女衒（ぜげん）らしい死にざまだの」

「むこうは片づいたか」

「ちんぴらを二、三匹生き証人に捕らえたが、あとは残らず斬り捨てた」

平蔵は脱衣場にもどると、乱れ籠から女の長襦袢をつかみとって、湯殿にへたりこんでいる女に投げてやった。

廊下に出ると、おもんが近づいてきて、ささやいた。

「鵜沼玄士郎の塒がわかりましたよ」

「どこだ……」

「横網町の常観寺です。前の掘り割りに高瀬舟を舫っておきました。舟で行けば四半刻とかかりませぬ」

「そいつは助かる……」

「おい、おれにも手伝わせろ」

「いや、きさまを乗せると舟足が遅くなる。暗くなるまでにカタをつけんと人質の命が危なくなる」

「それはなかろう、それは……」

「おまえは井手さんをねぎらって一杯やってこい。勘定はおれがもつ」

ふところから財布をつかみだして伝八郎に渡した。

「せいぜい豪遊しろ」

途端に伝八郎の頬がゆるんだ。

九

おもんの櫓(ろ)さばきは鮮やかなものだった。

髪をうしろで束ね、手ぬぐいを姉さまかぶりにしたおもんは、裾をきりりとたくしあげ、巧みに櫓を漕いだ。

「いったい、どこで覚えたんだ」

「だれかさんのお仕込みがよかったんでしょうね」

おもんは姉さまかぶりの下から目を笑わせた。

「櫓は腰の使いようひとつ……だれかさんも、ずいぶんお上手でしたよ」

「こいつ……」

櫓を漕ぐおもんの腰がまぶしかった。

黄昏(たそがれ)が迫り、川面に西日が照り映えていた。

舟は掘り割りをすべるようにつきすすみ、隅田川に出ると上流に船首を向けた。

おもんが漕ぐ舟は新大橋をくぐりぬけると両国橋の下を通り、藤堂和泉守の下屋敷の前で岸につけた。

「こちらですよ」

おもんは藤堂屋敷の横を抜け、常観寺の山門の前に平蔵を案内した。

日暮れどきとあって、境内には参詣者や僧侶の姿もなく、森閑と静まりかえっている。

参道に敷きつめられた砂利を踏む平蔵の草履の音がひびいた。

すこし遅れて、おもんがついてくる。

本堂の脇を抜け、裏手に出た。

松の老樹のむこうに萱葺き屋根の離れ家が見えた。

障子に行灯の火影がさしていた。鑿を使う音が聞こえている。

おもんをふりかえって、うなずいてみせた。

「まちがいない。鵜沼玄士郎だ……」

「お気をつけなされませ」

おもんが、めずらしく真顔でささやいた。

「おれが殺られたら骨を拾ってくれるか」

「縁起でもないことを申されますな」

障子がさらりと開かれ、長身の侍が濡れ縁に迎え出た。鵜沼玄士郎だった。

部屋のなかに、お宇乃が見えた。後ろ手にしばられている。

「神谷平蔵。……待っていたぞ」

鵜沼玄士郎は左手にさげていた刀を腰に差し、敷石の草履をつっかけて庭におりてきた。

「いずれ、きさまが来ると思っていた。この傷の借りを返さんとな」

頬の刀痕を指でなぞると、うっそりと嗤(わら)った。

平蔵はするすると間合いをあけた。

「百蔵は妾の腹のうえでくたばったが、相棒の室井棋八郎はいなかった。岡場所で遊んでいるのかね」

「室井はとうに百蔵を見かぎって旅に出た。もう江戸にはおらぬ」

鵜沼玄士郎はすこし足をひらいて斜(はず)にかまえた。両腕をだらりと垂らし、刀は鞘に入ったままだった。

その態勢が、鵜沼玄士郎が闘いに踏みこんだことをしめしていた。

――居合いを遣うな……。

薄暗い境内に立つ鵜沼玄士郎は微動だにしなかった。

垂らした腕が動いたときが勝負だ。

平蔵は刀を抜くと下段にかまえた。すこしずつ間合いをつめた。

居合いの勝負は鞘のなかで決する。敵の間合いに踏みこんだ瞬間、懸河の抜き打ちが襲いかかってくるはずだ。

が、間合いに踏みこまないかぎり鵜沼玄士郎を斬ることはできない。

平蔵は爪先で土を探りつつ、じりじりと間合いをつめた。

おもんが、お宇乃をかかえて濡れ縁に立っているのが、目の端に見えた。

鵜沼玄士郎がひらいた足の幅をじりっとせばめた。

双眸が炯った。足が砂利を蹴り、疾風のように躍りこんできた。銀蛇が脇の下から繰りだされ、平蔵の腿に咬みついた。

平蔵は躰を左に鋭くひねってかわすと、鵜沼玄士郎の胴を下段から横になぎはらい、駆け抜けた。

鵜沼玄士郎はつつつと走って、ふりむいた。にやりと笑いかけたが、その瞬間、躰がぐらりと傾いだ。二、三歩よろめくと、崩れるように膝から落ちた。腹から血が噴きだし、薄桃色をした腸がむくむくとあふれだしてきた。

平蔵の袷の下が斜めに切れている。左の太腿をザクリと斬られていた。

血が太腿を伝って足首にしたたり落ちてきた。

おもんが駆けより、飛びついてきた。

「また、おまえに手当てをたのまねばならん」

「なんですか、これしきの傷……」

おもんは気丈ににらむと、姉さまかぶりの手ぬぐいをむしりとり、手早く太腿に巻きつけてくれた。

「寺社奉行がうるさいだろうな」

「御目付がうまくやってくださるでしょうよ」

「その兄者のほうが、もっとうるさい」

「ま……お口の悪い」

お宇乃が濡れ縁に佇んだまま、血溜まりに倒れている鵜沼玄士郎を瞬きもせず、見つめていた。

「お宇乃も業の深い女だな……」

「でも、鵜沼玄士郎は、あのひとに何もしなかったそうですよ」

「ほう……行儀のいい男だの」

「だれかさんとは、おおちがい……」

「なんとでも言え……」

「ふふ……」

おもんの目がからみついてきた。

櫓を漕いだせいだろう、額がうっすらと汗ばんでいた。

薄闇のなかに甘酸っぱい、おもんの体臭が濃密にただよっている。

長い夜になりそうだった。

（ぶらり平蔵　百鬼夜行　了）

参考文献

『江戸バレ句　戀の色直し』　渡辺信一郎著　集英社新書
『江戸あきない図譜』　高橋幹夫著　青蛙房
『江戸厠百姿』　花咲一男著　三樹書房
『江戸生活事典』　三田村鳶魚著・稲垣史生編　青蛙房
『江戸っ子は何を食べていたか』　大久保洋子監修　青春出版社
『鍼灸の世界』　呉澤森著　集英社新書
『大江戸おもしろ役人役職読本』　新人物往来社・別冊歴史読本
『刀剣』　小笠原信夫著　保育社カラーブックス
『大江戸八百八町』　石川英輔監修　実業之日本社
『大江戸生活事情』　石川英輔著　講談社文庫
『江戸10万日　全記録』　明田鉄男編著　雄山閣
『御江戸絵図』　須原屋茂兵衛蔵板

コスミック・時代文庫

ぶらり平蔵（へいぞう）
決定版⑥百鬼夜行

2022年4月25日　初版発行
2023年9月13日　2刷発行

【著 者】
吉岡道夫（よしおかみちお）

【発行者】
佐藤広野

【発 行】
株式会社コスミック出版
〒154-0002 東京都世田谷区下馬6-15-4
代表　TEL.03(5432)7081
営業　TEL.03(5432)7084
　　　FAX.03(5432)7088
編集　TEL.03(5432)7086
　　　FAX.03(5432)7090

【ホームページ】
https://www.cosmicpub.com/

【振替口座】
00110-8-611382

【印刷／製本】
中央精版印刷株式会社

乱丁・落丁本は、小社へ直接お送り下さい。郵送料小社負担にて
お取り替え致します。定価はカバーに表示してあります。

ISBN978-4-7747-6372-9 C0193